periodo di riferimento 1 settembre - 30 ottobre 1970

saldo Lit. 5...

Distinti saluti

Dott. Rag. Sisto Sansicario
direttore di filiale

Bellano, lì 5/11/1970

Banca del Credito Orobico
Bellano, Piazza Tommaso Grossi 8
tel. 82057

W0322067

NARRATORI MODERNI

Dello stesso autore in edizione Garzanti:

Una finestra vistalago
La signorina Tecla Manzi
Un amore di zitella
La figlia del podestà
Il procuratore
Olive comprese
Il segreto di Ortelia
La modista
Dopo lunga e penosa malattia
Almeno il cappello
Pianoforte vendesi
La mamma del sole
Il meccanico Landru
La leggenda del morto contento
Furto di luna (solo ebook)
Parola di cadavere (solo ebook)
Il rumore del Natale (solo ebook)

ANDREA VITALI

ZIA ANTONIA SAPEVA DI MENTA

Garzanti

Prima edizione: novembre 2011
Prima ristampa: novembre 2011

Per essere informato sulle novità del Gruppo editoriale Mauri Spagnol visita:
www.illibraio.it
www.infinitestorie.it.

ISBN 978-88-11-68391-9

Printed in Italy

www.garzantilibri.it

ZIA ANTONIA SAPEVA DI MENTA

I personaggi e le situazioni raccontati in questo romanzo sono frutto di fantasia. I luoghi, invece, sono reali.

1.

Invisibile ma presente.
Inconfondibile. Solo lui era così.
E sembrava impossibile che fosse lì dentro.
Eppure...
Entrato nella stanza, Ernesto Cervicati si era improvvisamente fermato davanti a quel muro fantasma, ma dotato di una sua solidità. Aveva annusato. Una, due, tre volte, tirando su discretamente con il naso.
Non c'era da sbagliarsi, era odore di aglio.
"Aglio", confermò tra sé muovendo appena le labbra.
Poi fece due passi verso il letto. Guardò zia Antonia, le coperte tirate fin sotto il mento. Sembrava morta. Di più. Sembrava che di lei non esistesse che la testa, sotto le coperte nient'altro.
L'Ernesto non si spaventò, quell'impressione l'aveva avuta già altre volte. Sapeva come fare per scacciarla: bastava guardare le labbra della zia. Esangui, vibravano spinte da un respiro tranquillo. Dormiva.
Molleggiando sulla punta dei piedi, l'Ernesto si avvicinò ancora un po'. E cominciò a percepire quell'altro odore. Familiare, una carezza. Inspirò profondamente. Poi si chinò verso il viso della zia.
Il suo alito sapeva di menta. Come sempre.
Zia Antonia sapeva sempre di menta.
Da che se la ricordava, la zia aveva sempre avuto intor-

no a sé quell'orbitale profumato, frutto di chili e chili di caramelle e mentini succhiati nell'arco di una vita intera. Era una goduria entrare dentro quel cerchio profumato per darle un bacio o abbracciarla. Cosa che fece anche quella sera, un bacio sulla fronte, un bacio appena appena, per non svegliarla. Ritraendosi dal letto, l'Ernesto tornò nel regno dell'aglio. Un mistero cui bisognava dare una spiegazione.

«Ma dico io...» mormorò.

Possibile che agli ospiti della casa le suore cucinassero pietanze con l'aglio?

Di sera, poi!

Immobile, a metà strada tra la porta della camera e il letto della zia, mentre fuori la luce andava scemando, l'Ernesto prese la decisione di chiedere conto di quell'odore estraneo alla superiora, suor Speranza. Uscì più silenzioso di un ragno.

Nel corridoio annusò di nuovo. Odore di disinfettante adesso, verso metà cominciò a sentire il profumo d'incenso che proveniva dalla cappelletta. A suor Irta, che badava alle ospiti del primo piano, chiese della superiora.

«Non so dove sia al momento», rispose questa.

Se aveva bisogno, e urgente come aveva specificato l'Ernesto, di parlarle, che andasse ad attenderla nel salottino per gli ospiti.

La superiora arrivò dopo una mezz'ora, durante la quale l'Ernesto non aveva fatto altro che guardare il viso triste di una madonna scolpita nel legno che occupava un angolo del salottino. Entrò spostando un'aria che sapeva di minestrone e vegetallumina.

«Sia lodato Gesù Cristo», disse.

«Sempre...» si bloccò l'Ernesto per via di un groppo che gli era salito in gola.

«Sempre?» lo incalzò suor Speranza.

«Sempre sia lodato», concluse l'Ernesto dopo aver deglutito, sentendosi piccolo e caporale davanti alla superiora, che come al solito aveva le maniche della veste arrotolate fin sopra i gomiti.

2.

Suor Speranza, al secolo Valeriana, aveva occhi di un azzurro perfetto e fondo, come i cieli del Trentino sotto i quali era nata, e una tolleranza al freddo pari a quella dei camosci della sua terra. Guidava la casa di riposo bellanese da un paio d'anni e col solo sguardo aveva già messo a posto più di un parente importuno o fin troppo interessato alla cattiva salute di uno degli ospiti.

Aveva modi spicci.

«Be'?» chiese infatti.

Per un momento la decisione dell'Ernesto vacillò. D'altronde l'aveva presa nel buio della camera della zia. Adesso invece, alla luce benché fiacca del salottino, e sotto lo sguardo teso come una teleferica della suora...

«Dico, Ernesto, ha perduto la lingua?»

Per un istante l'uomo si sentì come tornato un alunno delle elementari: «No», rispose.

«Bene. Allora?»

«Forse l'ho disturbata per una sciocchezza», disse l'Ernesto già scusandosi.

«Lei mi dica. Poi vediamo, eh?»

L'Ernesto spiegò imballandosi più di una volta.

«Aglio?» fece suor Speranza dopo averlo ascoltato.

Incrociò le braccia sul davanti: ma come gli poteva venire in mente che a persone di ottanta o novant'anni potessero servire pietanze contenenti aglio!

«Né questa né altre sere. Mai!»

Suor Speranza levò in alto la mano sinistra e fece partire le dita una dopo l'altra come fossero proiettili.

«Aglio, cipolle, rape, ravanelli e porri sono verdure indigeste che non diamo mai agli ospiti della casa!»

All'Antonia poi, che soffriva di pressione bassa, men che meno.

«Non lo metto in dubbio», reagì l'Ernesto. «Eppure, nella camera della zia c'è odore di aglio», aggiunse subito, agitando pure lui un dito, l'indice, ma caricato a salve.

Suor Speranza ritirò l'artiglieria. L'Ernesto aveva un viso più afflitto di quello della madonna di legno.

«Sicuro?» chiese.

«Se vuole salire con me... a sentire...»

Suor Speranza si sistemò le maniche della veste. Con un gesto di pura mascolinità si grattò il mento: conosceva l'Ernesto, un marellotto, come dicevano da quelle parti, incapace di mentire così com'era stato incapace di trovarsi una moglie.

«Andiamo, va'», decise, avviandosi per prima.

Zia Antonia dormiva sempre. Più che mai morta, però, a un'impressione superficiale.

La superiora era entrata per prima nella stanza. Dietro di lei l'Ernesto, dieci centimetri buoni più basso, come nascosto dietro la massa della religiosa, annusò come aveva già fatto.

«Sente?» chiese infine.

Nessuna risposta.

Suor Speranza sentiva, eccome. Aglio allo stato puro! Fosse stato zolfo, avrebbe potuto pensare al diavolo. Ma l'aglio...

«Sente o no?» insisté l'Ernesto, ardito visto che la superiora gli dava le spalle.

«Sento.»

«È aglio», rimarcò lui.

Nel suo regno suor Speranza non ammetteva misteri e

segreti. Se ne incrociava uno, ci pensava lei a risolverlo, da sola, senza l'aiuto di nessuno. Si girò verso l'Ernesto, facendogli segno di uscire in corridoio.

O volevano, con le loro chiacchiere, svegliare la zia che dormiva così beata?

In corridoio erano accese le sole luci notturne, un invito al silenzio. L'Ernesto abbassò il tono della voce, ne fece un bisbiglio.

«Cosa ne dice? Come si spiega?» chiese sibilando.

«Come faccio a saperlo?» fu la cavernosa risposta di suor Speranza.

«Se non lo sa lei...» obiettò l'Ernesto.

La superiora si avviò, le mani incrociate dietro la schiena.

«Una cosa so», disse. «Se c'è, si vede che qualcuno ce l'ha portato.»

L'uomo restò interdetto e si fermò. Erano a metà corridoio.

«Ma chi?»

Infatti. "Chi?" fu anche il pensiero della superiora. Era affar suo scoprirlo, senza Ernesti vari e relative domande a intralciarla.

«Senta», disse, e il tono, benché pacato, era d'ordine. Lei doveva mettere a letto altre ospiti, non aveva più tempo di dargli retta. «Parleremo in un altro momento, d'accordo?»

Aveva alternative, l'Ernesto?

Salutò, scese con cautela le scale e nell'atrio della casa di riposo omaggiò con una mezza riverenza l'anziana suor Aspasia, che passava le giornate su una sedia, recitando rosari e chiacchierando con gli ospiti e i visitatori.

L'Ernesto era andato via da una buona mezz'ora quando la stessa suor Aspasia si rivolse alla superiora: «Si è fermato più del solito».

«Come dice, suora?» chiese la superiora.

«L'Ernesto», spiegò suor Aspasia. «È arrivato prima del solito. Forse l'Antonia non sta bene?»

Suor Speranza sorrise tra sé, guardando il viso della consorella, rugoso come se fosse stato arato: suor Aspasia era miope da una vita e per di più aveva una cataratta bilaterale. Non per niente, tutte le sere, quando era ora di chiudere porta e portone, scendeva lei di sotto per prenderla sottobraccio e accompagnarla nella sua camera.

«E lei come ha fatto a vederlo?» celiò.

«Lo riconosco dalla voce. Le orecchie le ho ancora buone. Di solito non arriva prima delle cinque e mezza, quando finisce la messa. Oggi è arrivato alle quattro, quando mi hanno portato il tè.»

La superiora rifletté un istante sulle parole di suor Aspasia.

«Ne è sicura?» chiese.

Suor Aspasia dondolò la testa, a conferma di ciò che aveva appena detto. Quindi si portò l'indice al naso.

«E puzzava di aglio», aggiunse.

3.

"Chi non mangia ha già mangiato", ripeté mentalmente, per l'ennesima volta, Augusta Peretti, trentacinquenne ossigenata dall'età di venticinque, figlia di salumiere.

Suo marito, Antonio Cervicati, dormiva della grossa di fianco a lei, ronfando e ogni tanto scorreggiando. Ne mollava circa una all'ora, quasi in sintonia con il campanile: alle undici, a mezzanotte, all'una. Poco dopo l'una, l'Augusta s'era alzata, insofferente.

«Camomilla», aveva deciso.

Mentre l'acqua bolliva aveva acceso la radio. Le era toccato ascoltare *Chi non lavora non fa l'amore*, la canzone di Adriano Celentano che peraltro, dopo la vittoria al Festival di Sanremo, veniva trasmessa una ventina di volte nell'arco della giornata. Bevuto l'infuso, era tornata a letto, ma di sonno nemmeno a parlarne. Il gatto vivo che aveva nello stomaco aveva continuato a grattare e a miagolare quel ritornello: chi non mangia ha già mangiato.

Era la terza sera consecutiva che suo marito non la tampinava. Niente di strano, se non le avesse dimostrato in quei primi quattro anni di matrimonio di essere uno stantuffo. L'aveva abituata a farlo tutti i giorni almeno una volta, spesso con fantasiose e acrobatiche variazioni, senza rispetto nemmeno per quei giorni. Addirittura capitandole in casa a sorpresa.

L'uomo godeva di una sua libertà d'azione. Bidello

presso le scuole medie di Bellano, coglieva al volo le occasioni e approfittava delle commissioni che gli venivano affidate per fare una scappatina a casa e consumare quella che lui chiamava «una cosa rapida, inutile togliersi i vestiti», e che non poteva essere tenuta in conto di amplesso vero e proprio: per quello c'era la notte, con tutta una serie di stimolanti giochetti per poi arrivare al sodo.

Gli aghi del sospetto continuavano a pungolare la donna.

Sospetti legittimi. Suo marito, prima del matrimonio, era stato un bel ganivello: di bocca buona, non era mai andato troppo per il sottile e un paio di volte s'era trovato a rischiare guai seri, schivati per un pelo. Secondo alcune voci, aveva persino insidiato una minorenne. Le nozze sembravano avergli dato una calmata. Ma l'Augusta nutriva dubbi e non vedeva di buon occhio certe uscite del marito in compagnia degli amici, certe cene di coscritti, certe sere di prova della Filodrammatica, di cui era il suggeritore. Occasioni che gli potevano dare l'agio di beccare fuori casa. Tuttavia, sino ad allora, l'Antonio non aveva mai perso un colpo. Come gli piaceva affermare, aveva pagato dazio tutti i giorni.

Sino a tre giorni prima.

Adesso, invece?

Poteva essere colpa della nuova bidella, una salernitana piccoletta e generosa di curve, in servizio presso le scuole da un paio di settimane?

L'Augusta l'aveva vista una mattina mentre si recava a fare la spesa. Per essere piccola, lo era davvero. Però tutto quel ballonzolare di seni, quello zampettare cadenzato, ritmico, trasmesso alle chiappe che vibravano come budini, potevano suscitare più di un pensiero. L'aveva dimenticata, grazie soprattutto ai quotidiani assalti del marito.

Adesso però, mentre al campanile suonavano le tre del mattino, le tornò in mente.

Cambiò fianco, venne a trovarsi faccia a faccia con il

marito addormentato. Ne spiò per un po' il viso floscio, rivolgendogli silenziose domande.

Poi, non sopportando l'odore di aglio che a ogni respiro le arrivava in faccia, tornò a girarsi dall'altra parte, comunque insonne, in attesa dell'ennesima scorreggia.

4.

L'Ernesto non puzzava di aglio.

Il pensiero fulminò suor Speranza. Fu il primo della giornata, nacque insieme con il suono della sveglia. Erano le cinque e mezza del mattino e la superiora mise le gambe fuori dal letto.

La sera prima, partito l'Ernesto e scambiate quelle poche battute con suor Aspasia, la superiora aveva accantonato la faccenda. Non vedeva l'ora di incontrare il letto e piombare, dopo le consuete orazioni, nel solito sonno istantaneo. Ben sapendo che il tribunale del mattino, la mente fresca e mondata da ogni altro pensiero, le avrebbe riproposto le faccende lasciate in sospeso il giorno avanti.

Come volevasi dimostrare, quella dell'aglio era stata la prima a presentarsi.

Inutile indagare in cucina. Poteva metterci la mano sul fuoco: le tre scimmiette che badavano ai fornelli non avrebbero mai messo aglio nelle pietanze per gli ospiti della casa.

Scimmiette, sì, e sorrise a un ricordo di gioventù, quando era ancora lontana dall'idea di farsi suora. Perché le tre sorelle cuciniere, suor Celestina, suor Neve e suor Candida, sin dal momento in cui aveva preso la direzione dell'ospizio le avevano ricordato le scimmiette – non vedo non sento non parlo – che stavano sulla mensola del camino della sua casa natale.

Si lavò, tornando seria. Non si fosse fatta monaca, avrebbe fatto l'ispettore di polizia. Bisognava considerare i fatti, senza per questo mancare di rispetto alla volontà superiore che guidava i destini.

I fatti, quindi.

Il primo erano le parole che lei stessa aveva pronunciato per blandire l'Ernesto: «Se c'è, si vede che qualcuno ce l'ha portato».

Avevano un fondo di verità. Più di un fondo, anzi, visto che quell'odore era penetrato sensibilmente anche nelle sue narici.

Poi suor Aspasia. Cieca come una talpa, inoppugnabile, ma tutt'altro che rimbambita.

Ragionando davanti allo specchio, suor Speranza si strappò un paio di peli che le stavano crescendo sul mento.

«Uno più uno fa due», mormorò gettando il secondo nel lavandino.

Si riferiva però alle sue parole e a quelle di suor Aspasia.

La conclusione logica – «logica?» – era che qualcuno che effettivamente puzzava di aglio era entrato nella casa di riposo verso le quattro del pomeriggio precedente. L'Ernesto non poteva essere, visto che gli mancava il puzzolente contrassegno.

Dallo specchio passò alla finestra della sua camera. Da lì poteva vedere il paese sottostante e il lago.

Albeggiava. Un concerto di merli stava salutando una nuova, bella giornata di cielo limpido. Nonostante fosse ottobre, la temperatura era ancora piacevole, tanto che aveva dato ordine di accendere il riscaldamento solo un paio d'ore, verso sera, giusto per riscaldare un poco il sonno degli ospiti.

Non mancava molto alle sei.

«Qualcuno», mormorò.

Che era riuscito a farsi passare per l'Ernesto. Su questo non c'erano dubbi, suor Aspasia l'aveva riconosciuto dalla voce.

A fare la differenza era la puzza d'aglio.
Quindi, chi e perché era entrato nella stanza dell'Antonia?
La campanella che chiamava alle preghiere del mattino distolse suor Speranza da quei pensieri.
Tornò allo specchio, si sistemò il velo, sbuffò. In fin dei conti poteva anche trattarsi di un banale equivoco e non bisognava correre il rischio di far diventare la faccenda più grossa di quel che era.
Però la puzza di aglio l'aveva sentita, eccome.
Fu l'ultimo pensiero della superiora prima di entrare nella cappelletta.

5.

«Le ha detto perché?» chiese suor Speranza.

Usando forse un tono sin troppo deciso.

In ogni caso suor Gelinda aveva l'animo della quaglia, così la superiora l'aveva classificata nel suo intimo. Alla domanda infatti incassò, come il volatile di fronte al pericolo, la testa tra le spalle ed emise un «No» da pulcino.

«Ma almeno gliel'ha chiesto?» insisté la superiora.

La risposta fu solo uno scuotere di testa. Suor Gelinda, pedonando appunto come una quaglia, una volta appurato che l'Antonia s'era rifiutata di fare colazione e non voleva saperne di uscire dal letto, non aveva indagato oltre ed era subito corsa a riferire.

«Va bene, ci penso io», concluse la superiora.

Ci mancava anche che l'Antonia si mettesse a fare i capricci.

«Faccio il giro delle iniezioni e poi vado a vedere», comunicò a suor Gelinda.

Voleva dire di lì a un'ora almeno, perché era il giorno del Tronovit, recentissima novità farmaceutica voluta e introdotta all'ospizio dal dottor Aloisio Fastelli, medico della casa.

Dava tono alla muscolatura, stimolava l'appetito, teneva all'erta la mente dell'anziano. Tutte le riviste mediche ne parlavano con entusiasmo.

«Fa anche ricrescere i capelli?» aveva chiesto suor Speranza, scettica.

Il Fastelli non aveva colto l'ironia. «Fa miracoli!» aveva insistito il dottore.

«I miracoli li fa solo Nostro Signore», aveva commentato la superiora.

Poi però aveva obbedito e introdotto il Tronovit a uso degli ospiti più scassati, una volta alla settimana, come da prescrizione medica.

Cominciò dalla sezione maschile, sette uomini, quattro vedovi e tre celibi. Il tarlo, che dopo le parole di suor Gelinda era ritornato a farsi vivo, le impedì di sentire gli «Ahi!» e gli «Uhi!» in risposta all'ingresso dell'ago in quei sederi flaccidi.

Il tarlo. Il terzo indizio. Una prova.

La coincidenza, lì da vedere.

All'indomani di quella storia dell'aglio, l'Antonia faceva le bizze. Rifiutava la colazione, rimaneva a letto. In buona sostanza, si comportava come non aveva mai fatto nei due anni da che era lì.

Che cominciasse anche lei ad avere bisogno del Tronovit, che tutto sommato qualche piccolo risultato lo dava? Bucare un sedere in più non le costava niente.

Ma voleva convincersi che fosse davvero il caso, perché quel cambiamento così repentino la insospettiva. Fino a quel momento l'Antonia non aveva creato il minimo problema, mai una difficoltà. Addirittura in casa di riposo era entrata di sua spontanea volontà. E contro il desiderio di suo nipote, l'Ernesto, che per tre anni l'aveva accudita e s'era dovuto arrendere solo quando la donna, a difesa della propria dignità, aveva deciso che preferiva fossero le suore a occuparsi di lei in tutto e per tutto.

Era successo quando, suonata la campana degli ottantacinque anni, il fisico dell'Antonia aveva detto alt: in buona sostanza aveva cominciato ad avere bisogno di qualcuno che l'accompagnasse, anche in bagno, la lavasse e la vestisse.

Siccome il cervello non aveva seguito il destino del resto, l'Antonia s'era imposta: ospizio, come lo chiamava lei, e senza discussioni. L'Ernesto, a malincuore, s'era dovuto arrendere. Passato qualche mese, aveva dovuto ammettere che la decisione della zia era stata oculata: tra le mura della casa di riposo e con le cure assidue delle suore, l'Antonia si era rasserenata. La superiora la additava come buon esempio alle ospiti più riottose.

Quando suor Speranza finì il giro del Tronovit, le nove erano passate da qualche minuto. Salì al terzo piano, facendo due gradini alla volta, ed entrò nella camera dell'Antonia.

Annusò. L'odore di aglio era sparito. Come aveva riferito suor Gelinda, la tazza del tè e il piattino con i biscotti stavano, intatti, sul tavolino di fianco al letto dell'Antonia. Che era ancora sdraiata, gli occhi chiusi.

Suor Speranza intinse un dito nel tè, ormai freddo, se lo succhiò e, cercando nel suo registro un tono suadente, chiamò l'Antonia. Che non le rispose.

«Antonia», insisté, «si può sapere cosa le prende questa mattina?»

In risposta né una parola né un gesto.

«Non si sente bene, forse?»

Al silenzio dell'anziana il tono della superiora salì di un'ottava.

«È successo qualcosa che non so? Le hanno forse fatto uno sgarbo?»

La superiora si portò le mani ai fianchi, segno che la sua pazienza era ormai al limite.

«Ha litigato con suo nipote?» buttò lì.

Altro da dire non le veniva in mente. Le restava solo una carta da giocare per vincere l'esasperante silenzio dell'Antonia: la minaccia del dottore, davanti alla quale pochi restavano insensibili.

«Vuol dire che andrò a chiamare il medico», disse, cercando di dare un tono drammatico alle sue parole.

Nemmeno a quel punto, però, l'Antonia diede segni di reazione.

«Allora vado», disse, senza alcuna reale intenzione di chiamare il Fastelli se, lungo il corridoio, non avesse incrociato suor Gelinda.

«Dunque?» chiese la quaglietta.

«Niente», rispose suor Speranza, «non parla ed è ancora a letto!»

Suor Gelinda si portò una mano alla bocca.

«E se le fosse partito un lembo?» azzardò.

«Si dice embolo, suora», la corresse la superiora riprendendo la sua marcia verso l'infermeria.

Non ci aveva pensato.

Un embolo?

Chi lo poteva escludere?

Forse, rifletté suor Speranza, era davvero il caso di chiamare il dottore.

6.

L'Ernesto dormiva da oltre un'ora quando, verso le dieci, suor Speranza gli telefonò per avvisarlo che s'era decisa a chiamare il dottore al capezzale della zia Antonia.

Niente di strano circa il fatto che dormisse a quell'ora. Da quando s'era preso in casa la zia cinque anni prima, mese più mese meno, l'uomo aveva chiesto e ottenuto dalla direzione del cotonificio, presso il quale lavorava come operaio, di essere assegnato al turno di notte, che andava dalle ventiquattro alle sei del mattino.

Soluzione studiata a tavolino, che gli aveva permesso di badare alla zia durante la giornata mentre per le ore notturne si era avvalso di una vicina, vedova sessantenne, che dormiva in casa sua – a pagamento – di modo che zia Antonia aveva sempre qualcuno accanto.

Una volta che la zia era entrata all'ospizio, l'Ernesto non aveva ritenuto di dover cambiare abitudini. Il suo ritmo circadiano si era ormai abituato al lavoro notturno. E poi aveva pur sempre bisogno delle ore diurne per rassettare la casa, fare provviste e passare quotidianamente alla casa di riposo per trascorrere un'oretta con lei.

Quella mattina aveva dapprima fatto il bucato e poi un po' di spesa. Dopo aver steso i panni nel cortile di casa, verso le otto e mezza s'era messo a letto. S'era addormentato come suo solito con una mano sul naso, per inalare il profumo del sapone di Marsiglia con il quale se le lavava. La telefonata di suor Speranza lo strappò al primo sonno.

A malincuore.

Perché, prima di sollevare la cornetta e comporre il numero dell'Ernesto, nella mente della superiora aveva fatto capolino un pensiero che di tanto in tanto le tornava.

Come giudicava l'alto dei cieli i suoi paragoni animali?

Attenuanti ne aveva, le venivano spontaneamente, non se li andava certo a cercare. D'altronde era cresciuta in campagna, sui monti. Aveva conosciuto, prima degli uomini, gli animali. Poi, una volta inurbata, a scuola e poi in convento, le era venuto istintivo cercare nei secondi le caratteristiche, non solo fisiche ma anche caratteriali, dei primi.

L'Ernesto, per esempio, era un maiale. Nel senso buono, s'intende. Un maialetto pacioso, roseo: la gioia di bambini che giocavano con lui e che mai avrebbero permesso di vederlo trasformato in salami e pancette. Più che un vero e proprio essere vivente, una specie di cartone animato, la cui vita doveva dipanarsi senza alcun male o dolore.

Come quello che invece suor Speranza gli diede telefonando.

«Ma cos'ha?» chiese l'Ernesto.

«Non saprei dirle», rispose suor Speranza. «Però è strana. Non parla.»

«Non parla?»

«Muta come un pesce», aggiunse la superiora. «Da questa mattina.»

«Non è...» buttò lì l'Ernesto senza riuscire a finire la frase.

«No, non è morta», lo aiutò la religiosa. «Respira ancora.»

«Allora vengo subito», concluse lui. «Il tempo di vestirmi.»

«Faccia con comodo, Ernesto», suggerì suor Speranza. «Il dottore non sarà qui tanto presto.»

Ma lo sapeva che erano parole gettate al vento. L'Ernesto non rimise nemmeno la cornetta sulla forcella. Giusto il tempo di darsi una sciacquatina alla faccia, sistemare un riporto di capelli sempre più radi e vestirsi. Quindi uscì di casa affrontando a due a due i gradini della scalinata che dal paese saliva in località Novareno, dove sorgeva la Casa di Riposo San Gerardo.

7.

Non proprio casa e bottega ma quasi.

Nel senso che il dottor Aloisio Fastelli abitava nel centro del paese e aveva l'ambulatorio a un centinaio di metri dal suo appartamento. Orario di ricevimento dalle dieci alle dodici e dalle sedici alle diciotto, tutti i giorni, sabato escluso. Scapolo, con una chiacchierata passione per le donne d'altri e due ben note fedeltà: il tifo per il Toro, ereditato dal padre di origine piemontese, e quella al «Giorno», a detta sua il miglior quotidiano del mondo. Lo ritirava, con dentro, come nascosto, «Tuttosport», prima di recarsi in studio.

Quella mattina la sala d'attesa era affollata e nell'aria c'era un certo odor di stalla, segno che era sceso qualcuno dalle frazioni, anche se non era giorno di mercato.

L'ingresso del Fastelli, giacca, cravatta e giornali sotto braccio, smorzò le chiacchiere ma non i colpi di tosse.

«Entrino prima quelli che hanno un po' di febbre», comunicò al popolo dei suoi pazienti. Misura preventiva per quelli che non l'avevano: cominciava infatti a esserci qualche caso di influenza: la «spaziale», come l'avevano battezzata i giornali.

Furono sette, realmente febbricitanti come constatò il Fastelli misurandone personalmente la temperatura.

L'ottava persona che entrò in ambulatorio fu Augusta Peretti in Cervicati. Rossa, quasi congesta in viso. Roba da trentotto o trentanove di febbre, stimò il Fastelli. Subito smentito dalla stessa donna che, prima ancora di sedere, si premurò di dire che non era ammalata ma era lì perché voleva un consiglio.

Il Fastelli si dispose ad ascoltarla. Non gli ci volle molto però per comprendere che se le avesse lasciato in mano il pallino avrebbe parlato per chissà quanto tempo senza mai arrivare al nocciolo della questione e inoltre creando un ingorgo in sala d'attesa.

«Mi ascolti», la interruppe.

Gli sembrava, da quanto gli aveva detto la donna fin lì, che il problema fosse spinoso, ragione ulteriore per affrontarlo di petto, senza girare troppo al largo.

«O no?» chiese.

L'Augusta fece un cenno con la testa e arrossì ancora di più.

"Gol!" pensò il Fastelli. Aveva capito: "L'esperienza..." disse fra sé.

Erano ormai più di vent'anni che faceva quel lavoro! E l'esperienza gli aveva insegnato che quando qualcuno, uomo o donna che fosse, menava così tanto il can per l'aia era perché c'era di mezzo un problema di letto. Di sesso, insomma: frigidità da una parte, mosceria dall'altra, cose così.

«Si tratta forse di un problema che concerne la sfera sessuale?»

Più rossa di così la donna non poteva diventare.

«Non mio, però», rispose sottovoce e a occhi bassi.

Suo marito, allora.

L'Augusta confermò.

«Che succede?» chiese il dottore.

La donna smozzicò un paio di parole prima di trovare il filo. Non aveva prove, chiarì. Solo sospetti, dubbi. Il fatto era che suo marito, dopo averla abituata a un certo ritmo, s'era spento all'improvviso, inspiegabilmente.

«Così, dalla sera alla mattina», spiegò l'Augusta, rinfrancata dopo aver sputato il rospo.

«Non che la cosa mi disturbi più di tanto», aggiunse. Perché ad averci a che fare con uno così tutti i giorni scappava la poesia per certe cose.

Piuttosto le era venuto il dubbio che ci fosse sotto qualche malattia.

«Be'», fece il Fastelli, «in questo caso è lui che io dovrei...»

«Ma lui non lo sa che io sono venuta qui... Non gliel'ho mica detto!» lo interruppe la donna.

«Ma allora...» tentò di intromettersi il dottore.

«No», si incuneò nuovamente l'Augusta, «glielo dico perché se dovesse capitare che venga lui...» esitò, «lei, dottore, deve fingere di non sapere niente.»

Il Fastelli percepì un montare del chiacchiericcio in sala d'attesa, segno che era ora di stringere.

«Da quanto tempo?» chiese agitando in aria pollice e indice.

Quattro giorni: da tanto durava la latitanza di Antonio Cervicati.

«Non è gran cosa», cercò di sdrammatizzare.

C'erano centinaia di motivi per i quali un uomo poteva attraversare una fase di fiacca: stanchezza fisica o mentale, preoccupazioni di vario genere...

«Che ne so, avete per caso dei debiti?»

«No», rispose l'Augusta.

«Qualche parente ammalato?»

«Nemmeno.»

«Avete avuto dei dispiaceri di recente?»

«Assolutamente nessuno.»

La faccenda cominciava a ingarbugliarsi. E dalla sala d'attesa il chiacchiericcio si stava trasformando in un mezzo coro di protesta.

Il Fastelli decise di cavarsela con poco.

«Senta», disse, «a tutti può capitare un momento di difficoltà.»

Come aveva già detto, la stanchezza fisica o mentale poteva giocare brutti scherzi: ad alcuni faceva perdere l'appetito, o il sonno, ad altri quelle voglie là.

Ma l'Augusta aveva ancora qualcosa sulla punta della lingua: «Non può essere la pressione?».

Non voleva fare lei il dottore ma...

«Ma no», la interruppe il Fastelli.

Un'ipertensione come quella di suo marito no: era lieve, tanto lieve che...

«Lo so», interloquì l'Augusta, «non lo dica a me.»

Tanto lieve che lui preferiva curarsi con l'aglio anziché prendere una pastiglietta.

Il Fastelli allargò le braccia: «È stato lui a volere così».

«Non lo metto in dubbio», confermò la donna. «Ma sapesse che divertimento dormire vicino a uno che puzza di aglio!»

Ormai l'Augusta era in piedi. Stava pensando che andava via a mani vuote, così com'era venuta.

«E se riuscissi a convincerlo a venire qui in ambulatorio?» chiese dalla soglia.

«Sarebbe la cosa migliore», rispose il dottor Fastelli. «In situazioni come questa, l'ideale è vedere, rendersi conto, parlare con il diretto interessato.»

L'Augusta soppesò le parole del dottore e aprì la porta, spegnendo immediatamente le chiacchiere della sala d'attesa.

«Vedrò quello che riesco a fare», disse dando strada al paziente numero nove.

8.

Sino a qualche giorno prima il bidello Antonio Cervicati, se comandato dal direttore didattico di uscire per l'acquisto di due marche da bollo e un pacchetto di nazionali esportazioni senza filtro, avrebbe impiegato cinque minuti per eseguire la commissione e venticinque per passare da casa e dare alla moglie prova tangibile del suo amore per lei.

Pure quella mattina eseguì la commissione in cinque minuti. Ma, uscito dalla tabaccheria, anziché far vela verso casa diresse i suoi passi verso piazza San Giorgio e si attaccò al campanello della canonica sperando vivamente che il prevosto fosse in casa.

Sulla soglia comparve quasi subito la perpetua. Prima di aprire, valutò il postulante. Lo riconobbe. Il Cervicati, notò, indossava la marsina nera da bidello. Dedusse che si trattava di una visita ufficiale, forse era latore di un messaggio da parte del direttore didattico. Allora aprì, e quindi guidò il bidello verso lo studio del sacerdote.

La decisione di rivolgersi al prevosto il Cervicati l'aveva presa la sera precedente. A furia di ragionarci, era arrivato alla conclusione che era l'unica persona che potesse aiutarlo, l'unico cui potesse confidare parte delle sue tribolazioni. Prima di giungere a quella conclusione, aveva attentamente valutato ogni altra alternativa.

Le aveva scartate una dopo l'altra.

Innanzitutto sua moglie. Nemmeno da pensarci. Le

donne non sapevano tenere la bocca chiusa e una fuga di notizie, in quel caso, sarebbe stata la fine.

Men che meno poteva far conto su suo fratello, l'Ernesto. Non si parlavano da almeno sei anni ed era il primo da tenere all'oscuro di tutto.

Sul direttore didattico aveva riflettuto a lungo. Tra loro c'era una certa confidenza. Era uomo d'immagine, i suoi pareri erano sempre oculati, era colto, appassionato di teatro e scriveva commediole per la Filodrammatica. Ma aveva anche fama di socialista e con le suore dell'ospizio c'era il rischio che non s'intendesse tanto.

Il dottor Fastelli poteva essere una buona carta. Però, forse, non ne era sicuro ma lo sospettava, se l'era giocata quando, per via di quel po' di pressione che aveva, si era rifiutato di prendere la pastiglietta che gli voleva prescrivere, dichiarando che preferiva curarsi con l'aglio.

Alla fine erano rimasti il notaio, un po' vecchiotto e con il quale non aveva alcun rapporto, e il prevosto. L'ultimo, l'unico.

Per intortarlo a regola d'arte, il Cervicati s'era preparato a dovere: un bel discorso che cominciò a esporre non appena il sacerdote gli chiese in cosa potesse essergli utile.

Il prologo doveva servire a intenerire un po' il suo interlocutore. Il Cervicati quindi cominciò a raccontare di sé e delle fatiche che aveva fatto per mettere su famiglia. I sacrifici cui s'era sottoposto per acquistare l'appartamento dove ora abitava, non ancora del tutto pagato, piccolo ma confortevole.

«E pronto a ospitare un figlio», sottolineò, quando il cielo avesse voluto benedire con quel dono casa e matrimonio. Snocciolò le preoccupazioni che lo tenevano sveglio di notte, la paura di non arrivare alla fine del mese e quella per le malattie.

«Mia moglie non lavora», disse. «Se mi dovesse capitare un accidente, chi manderà avanti la baracca?»

Non stava cercando giustificazioni, assicurò.
Non voleva male a nessuno.
«Ma se», affermò in chiusura di prologo, «assillato continuamente da tutti questi pensieri ho commesso, involontariamente, sia chiaro, qualche errore, credo di avere diritto a un poco di comprensione.»
Il prevosto fece cenno di sì, per abitudine. Ma non aveva capito dove volesse andare a parare il bidello.
Quindi: «L'errore», chiese, «o gli errori dove sono? Quali sono?».
Il Cervicati chinò il capo, sospirò, levò il dito indice.
Un errore, uno solo.
«Quale?» chiese il prevosto.
«La mia zia Antonia», chiarì il bidello.
«Quella...»
«Sì», confermò il Cervicati.
Quella che stava all'ospizio.
«Che proprio mia zia non è, perché è una sorellastra del mio povero papà. In ogni caso l'abbiamo sempre chiamata zia e tale è rimasta.»
Insomma, ammetteva di averla trascurata nell'arco di quegli anni, lasciandola alle cure di suo fratello Ernesto.
«Con il bel risultato», sottolineò il Cervicati, «di vederla finire all'ospizio.»
Il prevosto inarcò le sopracciglia: «Dov'è accudita con ogni premura», osservò.
Il bidello comprese di aver detto una cazzata.
«Su questo non ho dubbi», medicò.
Ma sempre ospizio era.
In ogni caso, venendo al dunque e per non far perdere altro tempo al signor prevosto, lui, da tempo, andava rimescolando un'idea.
«Vorrebbe dirmela?» chiese il sacerdote visto che il bidello s'era interrotto.
Pausa studiata, teatrale.
«Sono qui per questo.»

Altra pausa. Più breve.

Antonio Cervicati corrugò la fronte e socchiuse gli occhi.

«Vorrei riprendere i contatti con la zia», disse poi.

Riconciliarsi. Farle capire che le voleva bene. Spiegarle le ragioni del suo silenzio negli ultimi anni, raccontarle i motivi.

Il prevosto fece la faccia dello stupore. Non vedeva il problema. Bastava...

«Basta andarla a trovare», disse.

«Lo so», convenne il Cervicati.

Credeva forse che non ci avesse pensato?

Ma dopo tutti quegli anni di latitanza di certo lei non l'avrebbe presa bene.

«Non si può negare che avrebbe le sue ragioni», osservò il prevosto.

«Lo so», ribadì l'Antonio con un tono da «mi pento e mi dolgo». «Son ben deciso a riparare al male che ho fatto. Però ho bisogno di qualcuno che interceda per me.»

Quel qualcuno...

«Vorrebbe essere lei, signor prevosto?» chiese il bidello alla fine della sparata.

Il sacerdote congiunse le mani e fece un profondo respiro inalando dal naso. Subito dopo inalò ancora, sempre dal naso, ma brevemente, due, tre volte. Il Cervicati comprese.

«È aglio», disse.

«Come?» chiese il prevosto.

«L'odore che sente nell'aria. È aglio. Lo mangio tutti i giorni per tenere bassa la pressione invece di prendere delle pastiglie.»

«Ah», fece il sacerdote. Dopodiché si appoggiò con i gomiti sulla scrivania. Nella sua vita di pastore di anime aveva ricomposto situazioni ben peggiori. Tuttavia, prudente com'era sempre stato in quei casi, non volle garantire al bidello alcun risultato.

«Vedrò quello che posso fare», disse semplicemente.
La frase suonò nella mente del Cervicati come uno squillo di vittoria: il pesce aveva abboccato.
«Ma intanto andarla a trovare non costerebbe nulla e sarebbe un gesto di buona volontà», aggiunse il prevosto.
Lo avrebbe fatto di sicuro, replicò l'Antonio. Ringraziò facendo anche un mezzo inchino e se ne andò a passo di corsa. In piazza della chiesa levò lo sguardo al campanile, all'orologio.
«Porca puttana!» gli scappò.
Era fuori sede da più di quaranta minuti. Il direttore didattico lo stava aspettando guardando l'ingresso del palazzo scolastico dalla finestra del suo studio. Aveva voglia di fare un mazzo così a quel deficiente del bidello. Maggiore, però, era la voglia di fumare, una voglia matta. Dalla mano tesa del Cervicati strappò il pacchetto delle nazionali e, dimentico delle marche da bollo, si accese subito una sigaretta che bruciò in mezzo minuto.

9.

Nell'atlante animale di suor Speranza, il dottor Fastelli era un merlo. Ma merlo a primavera, quando l'estro li fa cantare. Non l'aveva mai visto triste o pensieroso. Anzi era sempre allegro, sempre con un motivetto sussurrato tra le labbra, sempre pronto a fare battute.

Non si smentì neppure quella mattina quando, verso le dodici e trenta, finito l'ambulatorio, salì alla casa di riposo. Appena entrato nell'atrio, annusando l'aria e vedendo suor Aspasia: «Cosa prevede il menu di oggi?» chiese.

«Melanzane alla parmigiana e stufato di cervo», rispose la suora cui non faceva difetto lo spirito.

«Oilà! Ma chi è quel disgraziato di medico che permette un'alimentazione del genere?» chiese ridendo il Fastelli.

«L'ha detto: un disgraziato», ribatté suor Aspasia, ridendo pure lei.

«Ha bisogno della superiora?» chiese poi.

«Sì, grazie. Ma non si scomodi, salgo io a cercarla.»

Fu mentre si avviava verso le scale, passando davanti al salottino per gli ospiti, che il Fastelli vide l'Ernesto. Era solo, seduto, le mani tra le ginocchia, lo sguardo fisso sulla parete che aveva di fronte: vi erano appese le fotografie incorniciate del santo padre Paolo VI e una seconda, sempre del papa insieme con il presidente della repubblica Giuseppe Saragat nel corso di un incontro in Vaticano. Un gatto morto emanava più allegria.

«Ernesto!» salutò il dottore entrando nel salottino.

L'Ernesto sollevò su di lui uno sguardo a bagnomaria: «Speriamo che non sia niente».

«Vedrà, stia tranquillo.»

L'Ernesto, però, sembrava non udire.

«Si sa», mormorò, «l'età c'è.»

«Sua zia ha un fisico di ferro», insisté il dottore.

«Eeeeh...» belò il Cervicati dondolando il capo.

Il Fastelli non sapeva più cosa dire.

"Cristo", pensò.

«Cioè, pardon!» sussurrò rivolto al crocifisso. Ma la miseria! Non c'era mezzo di vedere un filo di ottimismo in quel ragazzo. Quella razza di gente, quelli come l'Ernesto, al dottor Fastelli davano il prurito. E via!, il mondo era fatto per l'allegria, mica per mettere sottoterra la gente prima che morisse!

«Adesso vado a vederla poi le dico», comunicò il dottore.

«La aspetto qui», rispose l'Ernesto.

C'era da dubitarne?

Assolutamente no, visto che era lì da due ore a recitare la parte dell'anima in pena, lo informò suor Speranza dopo averlo salutato.

«Ho fatto più in fretta che potevo», disse il Fastelli. «Ma avevo l'ambulatorio pieno, la spaziale comincia a mietere vittime.»

La superiora diede una sberla all'aria: «Mica la stavo rimproverando», sorrise. «A mio giudizio l'Antonia sta meglio di me e di lei. È quello lì di sotto che si ammala davvero se non ci sbrighiamo.»

«Allora sbrighiamoci», fu d'accordo il Fastelli, seguendo la superiora verso la stanza della presunta ammalata.

Una volta dentro: «Tiro su un po'?» chiese suor Speranza.

Intendeva le tapparelle che erano a tre quarti.

Suor Gelinda le aveva lasciate com'erano: visto che quella mattina l'Antonia aveva rifiutato di mangiare e di alzarsi, aveva ritenuto di non dover aprire la finestra per dare aria e luce alla camera.

«No», rispose il dottore. Luce ce n'era a sufficienza.

«Vediamo un po'», disse, stetoscopio e sfigmomanometro in mano.

Cominciò dal cuore, dando sussurrati ordini che l'Antonia, sotto lo sguardo severo della superiora, eseguiva senza fiatare.

Cuore, pressione, polmoni. Tutto in ordine.

«Vediamo la pancia», annunciò il Fastelli.

Sulla pancia si sentì bussare alla porta. La superiora aprì appena uno spiraglio. Era suor Gelinda. Tremava quasi, proprio come una quaglietta, colpita da piombo crudele, poco prima di tirare le cuoia. Tuttavia non aveva potuto fare a meno di disturbare: di sotto, nell'atrio, c'era un fornitore cui serviva la firma di suor Speranza su un foglio di ordini.

«Vado e torno», disse la superiora.

«Faccia con comodo, suora», rispose il dottor Fastelli. «Tanto io ho quasi finito.»

Senza, beninteso, aver cavato un ragno dal buco. Polso, pressione, polmoni, cuore, fegato e intestino continuavano a fare quello per cui il Signore li aveva creati.

Il Fastelli sospirò.

«Ma non si sente proprio nessun disturbo?» gemette quasi rivolto all'Antonia.

Non che la volesse malata a tutti i costi. Ma non gli piaceva che magari gli nascondesse qualcosa.

Fu allora che l'Antonia aprì gli occhi per la prima volta da che il dottore era entrato nella camera.

Occhi vivaci.

Quando li vide, il Fastelli si sentì ancora più sicuro che la donna non avesse niente di niente.

L'Antonia diede un'occhiata d'insieme alla camera. Dopo aver verificato che c'era solo il Fastelli, parlò: «Lo so io cos'ho!».

Nessun impaccio nemmeno nel parlare.
Il Fastelli prese una sedia, la avvicinò al letto, sedette.
«Mi piacerebbe tanto, ma tanto saperlo!» disse. «Non me lo vuole dire?»
L'Antonia lo guardò dritto in viso.
«Glielo dico», sussurrò. «Ma deve restare un segreto.»
Al Fastelli balenò il pensiero che alla donna fosse partita qualche valvoletta nei piani superiori. Da sotto le lenzuola zia Antonia tirò fuori un braccio rinsecchito e levò l'indice.
«Siamo d'accordo?» pretese di sapere.
«Va bene», promise il Fastelli.
L'indice della donna gli fece segno di avvicinarsi: «Glielo dirò all'orecchio».
Il Fastelli obbedì. Si chinò verso l'Antonia e fu investito dal suo alito profumato di menta. Il sussurro della sua voce gli solleticò l'orecchio.
Ma se rideva, quando si rialzò, era per quello che aveva appena sentito.
«Non c'è niente da ridere», disse zia Antonia.
Il Fastelli si scusò.
«Però...» aggiunse.
Gli sembrava un po' esagerato, per una faccenda del genere, un comportamento siffatto.
«Bastava che lo dicesse alla superiora...»
Zia Antonia lo interruppe.
«Gli affari miei sono solo miei. E non mi piace raccontarli in giro!»
«Giusto», approvò il Fastelli.
All'Ernesto allora, a suo nipote.
L'indice della zia Antonia, che sino a quel momento era rimasto levato in aria, ricadde sul letto insieme con tutto il braccio.
«L'Ernesto?»
Poveretto!
Lo sguardo della donna stillò compassione.

Non ne aveva fin troppe di cose cui pensare tra la casa, pulire lavare stirare stendere fare la spesa e da mangiare, il lavoro, notturno!, passare a trovarla tutti i giorni, per dargli anche quell'incombenza?

E poi, se il dottore lo conosceva appena un po', capiva bene che non era proprio il soggetto ideale per certo genere di cose.

Meglio lasciarlo in pace.

«Quindi cosa farà?» chiese il Fastelli.

«Niente. Aspetterò», rispose zia Antonia.

«Senza mangiare, senza bere...»

La donna tornò a chiudere gli occhi, e la bocca, con ostentazione.

«Io però...» buttò lì il dottore.

«Nessun però», lo interruppe la donna senza aprire gli occhi, «ha promesso. Segreto!»

«Segreto», mormorò il Fastelli.

Infatti.

10.

Sei anni prima, quando Amilcare, il marito della zia Antonia, era morto di un colpo secco, al geometra Carletto Magnetti era quasi venuto da piangere. Per la gioia. Non aveva alcuna intenzione di passare la vita a tirare righe su un tecnigrafo. Fare l'imprenditore, quello era il suo obiettivo. E, impegnando parte del capitale ricevuto in eredità dal padre orefice, aveva cominciato a costruire il suo sogno da lì. Cioè dall'edificio dove l'Amilcare e l'Antonia avevano sempre abitato. Era un vecchio stabile situato nel rione della Pradegiana. Stanzacce buie e umide, con servizi igienici che risalivano all'epoca di Carlo Codega, nemmeno l'ombra di un riscaldamento come si deve. Nell'arco degli anni si era andato svuotando, mano a mano che gli inquilini passavano di là. E, allo scoccare di ogni funerale, il Magnetti, soldi in mano, si era presentato ai vari proprietari per acquistare i locali rimasti vuoti. A poco a poco il Magnetti era andato perfezionando il suo progetto di ristrutturazione, per trasformare quell'edificio fatiscente in una palazzina al bacio, dotata di tutti i moderni comfort.

Perciò quando aveva saputo della morte dell'Amilcare s'era quasi commosso. Ormai mancavano soltanto quei due lì per liberare definitivamente il caseggiato. E la dipartita del marito lasciava l'Antonia in una condizione di insostenibile solitudine. Lo poteva ben dire senza timore di essere smentito, il Magnetti, perché s'era tenuto al corrente. Sapeva quindi che l'Antonia, oltre che anziana, aveva difficoltà a camminare per via dell'artrosi. Gli avevano detto che era un po' cieca e un po' sorda. E da anni non usciva di casa; era l'Amilcare infatti che andava a fare la spesa.

Quanto poteva durare, da sola, una conciata così?

Il Magnetti non aveva fatto previsioni. Poco, aveva vaticinato tra sé.

Però quando, a quattro mesi dal funerale, aveva compreso che la vecchia non aveva intenzione di schiodarsi dalla sua tana, aveva pensato che non sarebbe stato male ungere un po' gli eventi per aiutarli a correre più velocemente verso la loro naturale conclusione.

S'era rivolto al sindaco, suo buon amico nonché compagno nelle battute di pesca alle trote. Proprio nel corso di una di queste uscite domenicali lungo il fiume Pioverna, dalle parti delle Terme di Tartavalle, il Magnetti aveva affrontato l'argomento. Aveva aspettato che all'amo del sindaco abboccasse una fario della misura consentita e a quel punto era entrato in argomento.

Dapprima aveva descritto la precaria condizione dell'Antonia. Vecchia, un po' malata, sola in un caseggiato dove non aveva la possibilità di farsi aiutare da nessuno. Un caso umano.

«E a te come mai interessa tanto questo caso umano?» aveva chiesto sorridendo il sindaco mentre la trota si dibatteva nel cestello.

«Va là che lo sai...»

Era stato sincero, il Magnetti.

«Io sono già d'accordo con i proprietari sul prezzo d'acquisto di quelle tre stanzacce. Ma finché quella non se ne va, io non posso avviare la ristrutturazione. Allo stato attuale non faccio altro che perdere tempo e denaro. Capirai!»

In ogni caso, lui non era mica una bestia. Era persino disposto a dare alla vecchina una sorta di buonuscita, se si fosse convinta ad andarsene.

«In alternativa non ci resta che avviare la procedura di sfratto, che però significa perdere altro tempo.»

«Capisco», aveva risposto il primo cittadino. «Però non vedo come... Insomma, come sindaco mi sembra di avere le mani legate.»

«Mica tanto, veh!» aveva obiettato il Magnetti.

Considerasse la situazione dal punto di vista, diciamo, umano. Lui – il sindaco – veniva a sapere... insomma, gli veniva segnalata la situazione di un'anziana sola, in difficoltà, senza nessuno che la potesse aiutare...

«Non faresti niente?» aveva chiesto il Magnetti.

«Ma certo...»

«Non manderesti qualcuno a verificare, che ne so, qualcuno dei tuoi assessori...»

A quel punto il cimino della canna del sindaco s'era di nuovo piegato, un'altra fario aveva abboccato. Il sindaco s'era concentrato sulla preda, l'aveva portata a riva con la necessaria lentezza.

Si era rivolto al compagno di pesca solo dopo averla staccata dall'amo: «E due», aveva detto.

Due.

Come i nipoti dell'Antonia Cervicati.

A verificare le parole del Magnetti, il sindaco aveva mandato Santo Orbene, responsabile dell'Ente Comunale Assistenza.

Puntiglioso al limite della petulanza, l'Orbene aveva impiegato un paio di giorni per svolgere l'incarico e quindi si era presentato al sindaco con una dettagliata relazione sia orale sia scritta. Ne emergeva che il Magnetti non aveva esagerato.

Però...

«C'è un però?» aveva chiesto il sindaco.

«Come no», aveva risposto l'Orbene, «altroché se c'è!»

Il problema stava nel fatto che non si capiva perché mai della signora Antonia Cervicati dovesse occuparsene il Comune, visto che la donna aveva, residenti in paese, ben due nipoti che avrebbero potuto prendersi cura di lei.

«Due?» era sbottato il sindaco rivedendo le due trote pescate la domenica precedente.

«Proprio», aveva confermato l'Orbene.

«Molto bene», aveva concluso il sindaco. «Allora mi faccia avere nomi e indirizzi di questi due signori. Ci penso io a convocarli qui in Comune e a cantar loro la canzone giusta.»

11.

Il bidello Antonio Cervicati ricordava fin troppo bene le note di quella canzone.

E benissimo quello che aveva risposto al sindaco, quando gli aveva chiesto che intenzioni avesse nei confronti della sua parente.

«Nessuna», aveva detto senza esitare.

E, sempre senza esitare: «Si può dire che non la conosco nemmeno. Lei ha sempre fatto la sua vita e io la mia. Tra le altre cose, faccio notare che non è propriamente mia zia ma solo una sorellastra di mio padre. Non c'è rapporto di affinità e quindi non me ne sento responsabile. Io poi sto per metter su casa, mi sto per sposare, ho ben altro per la testa».

"Per la testa di cazzo che hai", aveva pensato il sindaco.

«Quindi lei se ne lava le mani?» aveva invece chiesto.

«Ognuno per sé e Dio per tutti», aveva risposto il bidello.

«Come crede», aveva concluso il sindaco, ma soffiando appena quelle due parole, quasi dovessero restare sospese in aria e non concludere un discorso.

Sul momento il bidello non ci aveva fatto caso, ma adesso quelle due parole, il modo in cui erano state pronunciate, gli erano tornate alla memoria con una precisione quasi luminosa. Come se non le avesse sentite anni prima ma il giorno avanti.

Appunto: «Come crede...».

12.

Come crede.

Una trappola. Un'esca, un lombrico che lui s'era mangiato come se fosse una delle tante trote che il sindaco tirava fuori dalle acque dei fiumi di Valsassina e Valtellina.

Bel bigolo che era stato!, ragionava ora il bidello Cervicati Antonio.

Ma come poteva sapere, allora? Come immaginare...

Fosse stato adesso!

Ma adesso non era allora, porca puttana!

Perché, per esempio, se adesso fosse stato allora, il bidello avrebbe potuto considerare diversamente alcuni aspetti della faccenda.

La convocazione separata, tanto per dirne una.

Perché lui e suo fratello erano stati convocati separatamente nell'ufficio del sindaco?

La risposta, adesso, era semplice.

Quel cornuto del primo cittadino aveva voluto darsi l'agio di studiarli, prima uno e poi l'altro, pesare caratteri e reazioni, mettere tutto sulla sua bilancia di merda e decidere con comodo a chi affidare zia Antonia, con tutti i relativi vantaggi.

Perché adesso il bidello Cervicati Antonio lo sapeva, un vantaggio c'era.

Vantaggio a più di cinque zeri, prova scritta, inequivocabile.

E si ritornava al punto di partenza: se allora fosse stato adesso...

Senza contare che anche lui ci aveva messo del suo, sin troppo. Prima rispondendo quello che aveva risposto al sindaco. E poi troncando i rapporti con il fratello.

Era successo pochi giorni dopo il suo incontro col primo cittadino, quando l'Ernesto era andato a cercarlo a scuola per parlare della zia Antonia. Già si vedevano poco, solo per caso, magari incrociandosi per strada, un saluto e via. In quell'occasione una forbice invisibile aveva tagliato netto.

Le prime parole dell'Ernesto avevano subito fatto girare i coglioni al bidello.

«Bisogna che ci pensiamo», aveva esordito.

L'Antonio aveva compreso che il fratello si riferiva alla zia Antonia, ma gli era venuto spontaneo fare lo stronzo.

«A chi?» aveva chiesto.

«Alla zia Antonia», aveva chiarito l'Ernesto. «Ho parlato col sindaco...»

...parlato col sindaco e promesso che loro due avrebbero fatto in modo di occuparsene, tanto che alla fine del colloquio il primo cittadino gli aveva stretto la mano.

«Anch'io ho parlato col sindaco», brusco, l'Antonio.

«E allora?»

Allora cosa?

Non aveva parlato abbastanza chiaro col sindaco?

Su di lui non bisognava fare alcun conto, aveva altro da fare e cui pensare, non c'erano obblighi di legge, morta lì.

«Basta così o devo mettertelo per iscritto?» aveva chiesto il bidello.

L'Ernesto era rimasto sconcertato.

«Ma ti sembra possibile...»

L'Antonio non l'aveva lasciato continuare: «Possibile o impossibile, per quel che mi riguarda la faccenda è messa così. Che piaccia o no a te e al tuo sindaco!».

«Ma non è cristiano...»

Al bidello era andato il sangue alla testa. Fosse stato in qualunque altro luogo, avrebbe gridato. Ma lì, con la bidelleria attaccata all'ufficio del direttore, aveva dovuto contenersi.

«Ernesto», la voce pallida, «fatemi il santo piacere, tu e il tuo sindaco, di non rompermi più i coglioni con questa storia. Chiaro? E le tue prediche tienile per chi ha voglia di starti a sentire!»

L'Ernesto, a quell'uscita, aveva tentato di assumere un'espressione severa, consona alla gravità del momento. Ma sul suo viso da seminarista non c'era spazio per una maschera diversa da quella con la quale era nato.

«Va' che mi fai paura...» l'aveva preso per il culo l'Antonio.

L'Ernesto aveva compreso di essere in un vicolo cieco.

«Addio», aveva risposto.

E addio era stato per davvero: da allora i due fratelli non s'erano mai più scambiati una parola.

Così era andata allora, perché allora non era adesso.

13.

Durò poco il sorriso che le parole dell'Antonia avevano acceso sul volto del Fastelli. Morì subito, quando il dottore uscì dalla camera, al pensiero che la donna l'aveva messo in una situazione equivoca.

Molto equivoca.

Dicendogli quello che adesso sapeva, l'Antonia in buona sostanza gli aveva offerto la possibilità di chiarire la faccenda e vincere il suo mutismo con il resto del mondo e lo sciopero della fame. Perché poi la donna avesse assunto un simile atteggiamento era un mistero che andava inscritto nel catalogo di intemperanze della terza età, fase della vita in cui capita di tornare un po' bambini e come tali comportarsi.

Tuttavia l'aveva anche costretto al segreto. Mossa sibillina, incomprensibile. A meno che, così facendo, l'Antonia avesse voluto preservare il suo orgoglio e scaricare su di lui la responsabilità dell'azione.

In soldoni l'Antonia aveva fame ma non voleva ammetterlo, non voleva rinunciare alla protesta.

Doveva scegliere cosa fare, il Fastelli, come si trovasse di fronte a due malati.

Il paragone lo convinse: la precedenza al più grave. E, nel tragitto dal terzo piano all'atrio della casa di riposo, si chiarì le idee.

Innanzitutto doveva tradire la promessa di segretezza. Un tradimento doveroso, per togliere dalle ambasce l'Ernesto e chiarire alla superiora le ragioni dello strano comportamento dell'Antonia: con il che l'avrebbe anche cooptata per venire a capo della faccenda.

Suor Speranza aveva appena congedato il fornitore, stava incamminandosi per risalire.

«Allora?» chiese vedendo il Fastelli.

«Venga con me suora», rispose il dottore, accennando con il capo al salottino degli ospiti.

L'Ernesto stava nell'identica posizione di prima. Vedendo entrare suora e dottore scattò in piedi, guardò entrambi senza parlare. La domanda però era chiara.

«Niente», lo tranquillizzò subito il Fastelli, «si sieda.»

Suor Speranza assunse un'espressione sorniona: «L'ho detto all'Ernesto che non c'è da preoccuparsi».

«Sieda anche lei, suora», consigliò il Fastelli.

«Perché?»

«Perché...»

Forse era meglio chiudere la porta del salottino. Lo fece lo stesso Fastelli, non prima di aver chiesto a suor Aspasia di non far entrare nessuno.

«Ma cos'è successo?» indagò suor Speranza.

L'Ernesto scosse la testa. Lo sapeva. I dottori facevano sempre così. Prima ti dicono «Niente» per metterti calmo e poi, tam!, ti danno la botta.

«La signora Antonia non ha nessuna malattia», esordì il Fastelli.

Sulle labbra dell'Ernesto e di suor Speranza si disegnò un «Allora?» che non riuscì a farsi parola, perché il dottore lo troncò.

«Però qualcosa... qualcosa c'è!»

«È grave?» chiese l'Ernesto tenacemente convinto che il dottore gli stesse indorando la pillola.

Il Fastelli ribadì: «Le ho già detto che sua zia sta benone. Però è arrabbiata. Parecchio. E a mio giudizio ha un'ottima ragione per esserlo».

«Sarebbe?» interloquì suor Speranza.

Intravedeva nelle parole del dottore qualcosa che aveva a che fare con la conduzione della casa e il comportamento delle sue suore: nel qual caso era affar suo farsene carico e sanare la situazione.

Lo sguardo del Fastelli si posò sulla madonna in legno dal viso mesto: «Si tratta di una faccenda delicata».

E lui aveva promesso alla donna di non rivelare a nessuno quello che gli aveva confidato poco prima.

«A fin di bene devo smentire la promessa.»

Però loro due, una volta informati, avrebbero dovuto farla a lui la promessa di tenere per sé il segreto.

«La signora Antonia», affermò il dottore, «si fida di me e deve continuare a farlo.»

«Va bene», acconsentì suor Speranza un po' stremata. «Ma adesso si può sapere perché l'Antonia è così arrabbiata?»

«È successo...» cominciò a spiegare il Fastelli.

Ma bussarono alla porta. Suor Speranza scattò come una molla, aprendo appena sul viso arato di suor Aspasia.

«Cosa c'è?» chiese con una spruzzatina di nervoso.

«Il signor prevosto al telefono.»

Suor Speranza sospirò. Anche lui, benedetto uomo...

Ma non si poteva dire no.

Si girò verso i due nel salottino.

«Un minuto», disse. «Torno subito.»

14.

Una mammoletta.

Così, quando gli capitava di parlarne con sua moglie, il bidello Cervicati Antonio definiva suo fratello Ernesto.

E se prendeva l'abbrivio non la finiva più.

Quella cosa là? Non l'aveva mai vista!

Il mestiere giusto per lui? Fare la perpetua!

E via di questo passo, fino a quando la stessa moglie, mossa a compassione dal pensiero della vita solitaria, tutta casa e lavoro, del cognato, senza nemmeno la consolazione di poter cacciare due balle con suo fratello, lo pregava di smettere.

La mammoletta, dopo il colloquio con il fratello cattivo in bidelleria, aveva comunque preso la sua decisione: a zia Antonia avrebbe pensato lui.

Ma tra il dire e il fare s'era messa di mezzo proprio lei, zia Antonia.

Neanche a pensarci di cambiare casa, e men che meno di andare ad abitare con suo nipote.

L'Ernesto, contrito, aveva riferito al sindaco: lui la buona volontà l'aveva, ma se la zia non si convinceva...

Nelle orecchie del sindaco risuonavano ancora le parole del suo compagno di pesca, il Magnetti: quasi un rimprovero perché lui gli aveva assicurato che i due fratelli si sarebbero presi cura della vecchina mentre quella era sempre lì.

«Dobbiamo avviare lo sfratto?» aveva buttato lì il geometra.

Il sindaco aveva chiesto calma. Sfrattare un'ottuagenaria non faceva il gioco di nessuno. Era sceso in campo lui, di persona. Era andato a trovarla due, tre volte. Aveva promesso anche un aiuto economico da parte del Comune nel caso che, anziché in casa con l'Ernesto, lei avesse preferito andare all'ospizio.

Ma, gesucristo!, che testa. E che lingua!

«All'ospizio decido io quando andare.»

E poi: «I vostri soldi spendeteli per chi ha davvero bisogno!».

Non ci fosse stato il prevosto, uomo di buone letture, non si sarebbe venuti a capo di niente. Una volpe, nell'immaginario animale di suor Speranza. Che ribaltò la questione.

Non per il suo bene, ma per quello dell'Ernesto era infatti necessario che lei accettasse di trasferirsi. Pensasse a quel giovanotto, aveva detto il sacerdote, solo in casa, senza nessuna compagnia, alla vita disordinata cui era destinato, al silenzio che lo accoglieva al rientro dal lavoro, e a quello che lo salutava uscendo...

Un po' troppo lirico, ma efficace.

Il predicozzo del prevosto aveva fatto mutare opinione all'Antonia: «Se è per il bene di quel ragazzo, lo faccio volentieri».

Ed era stato uno spettacolo, per coloro che vi avevano assistito, presenziare al trasferimento della donna, portata in braccio dalle due guardie municipali, poiché erano anni che non scendeva le ripide scale della sua abitazione, mentre predicava che non obbediva a una sua ragione di comodo ma unicamente per essere di aiuto a quel povero Ernesto, tutto solo e senza guida alcuna.

15.

Il prevosto aveva telefonato alla superiora per avvisarla che s'era beccato l'influenza e quindi, per quella settimana, non sarebbe salito all'ospizio per la seduta delle confessioni: non voleva ripetere l'esperienza dell'anno precedente quando, contravvenendo alle prescrizioni del dottore che gli aveva ordinato di starsene buono a letto, s'era preso una broncopolmonite che aveva impiegato tre settimane a guarire.

«Dite ai vostri ospiti che comunque sono nelle mie preghiere», aveva detto in conclusione il sacerdote.

«Cercate di guarire presto», aveva ribattuto suor Speranza.

Poi, con l'ansia di sapere, era tornata nel salottino degli ospiti.

Ignorando la malattia del prevosto e convinto invece che in quei giorni il prete non avesse avuto altro pensiero se non quello di riappacificarlo con la zia Antonia, il bidello Cervicati, due giorni dopo la prima visita, si ripresentò alla porta della canonica.

Sulla soglia, com'era naturale, apparve la perpetua. Con la quale il Fastelli era stato chiaro già l'anno precedente: «Lo dico a lei perché almeno so che mi darà retta: lo tenga a riposo!».

La perpetua, il cui padre era stato un ardito della prima guerra mondiale, al Cervicati si presentò quasi sull'attenti. Non aprì nemmeno il cancello.

«Il signor prevosto l'è malà», comunicò. «Non può ricevere nessuno.»
«Come, malato?» sbottò il bidello.
«Malato e basta», fu la risposta della perpetua.
«Ma come mai?»
«Come mai, come mai...»
Anche i preti avevano il diritto di ammalarsi, o no?
«E se fosse una cosa importante?»
«Se fosse una cosa importante», ripeté la perpetua, «lasci detto a me.» Avrebbe fatto la staffetta.
Sì, con il piffero che il bidello sarebbe andato a dire i suoi affari a una perpetua!
«Ciao», mormorò tra sé, girando sui tacchi e riprendendo la strada verso l'edificio scolastico.
«Vilàn», lo bollò la perpetua chiudendo la porta della canonica e scivolando lestamente sul pavimento lustro di cera del corridoio, verso lo studio del prevosto, per riferire.
Il Cervicati, invece, camminava come se fosse in vacanza. Passi lenti, uno dopo l'altro. E a ogni passo sentiva montare dentro di sé la rabbia per come il destino si stava accanendo contro di lui.
Quando fu circa a metà del tragitto, un pensiero velenoso spazzò via tutti gli altri. Una caldana gli arrossò il viso fino alle orecchie.
Che anche il prevosto fosse d'accordo con gli altri, membro di una congiura della quale lui era la vittima, e gli avesse recitato la manfrina della malattia per non riceverlo?
Perso in quel sospetto, non sentì la voce del direttore che lo chiamava per la seconda volta.
«Cervicati, la carta bollata?»
Il fuoco sul viso del bidello raddoppiò.
«Me ne sono scordato», confessò.
Il direttore soppesò il da fare.
«Nel mio ufficio», ordinò.

Era ora di dare una regolata a quel bidello: due o tre stravaganze gliele aveva perdonate, ma adesso basta.

«Si accomodi», disse una volta che furono entrambi nell'ufficio di direzione.

Lui invece rimase in piedi per incombere meglio sul Cervicati.

«Mi saprebbe spiegare come ha impiegato il tempo, quasi mezz'ora vero, che le doveva servire per acquistare due fogli di carta bollata?»

L'Antonio non aveva scuse. Né poteva confessare quello che gli ballava in testa. Si lasciò andare sulla sedia.

«Direttore mi scusi, ma questa mattina non mi sento molto bene.»

Il direttore fece per dire qualcosa, poi lo scrutò per bene.

Effettivamente il viso del bidello non era dei più rilassati: congesto, l'occhio un po' impallato, un sudorino che gli imperlava la fronte... Sì, forse non mentiva. Rimandò un'altra volta la ramanzina. Non si trattenne però dal dare consigli.

«Perché non si fa vedere dal dottore?» chiese.

«Io?»

«Certo. Se non erro una volta mi ha detto di avere la pressione un po' alta, o sbaglio?»

Il Cervicati confermò con un cenno del capo.

«Un po'», aggiunse.

«E allora si faccia controllare. Magari ha bisogno di fare degli esami. Oppure la pressione è salita ancora e la cura che fa non basta. Faccia un controllo quanto prima. Prevenire, Cervicati, se ne ricordi: prevenire!»

16.

Nel salottino della casa di riposo si fece un silenzio stupefatto.

Sul viso di suor Speranza un'espressione incredula. Su quello dell'Ernesto una maschera interrogativa: non aveva capito bene. Eppure il dottor Fastelli si era spiegato chiaramente.

Zia Antonia non aveva ricevuto l'estratto conto che le mandava ogni due mesi la Banca del Credito Orobico. Il fatto che fosse più vicina ai novanta che agli ottant'anni non autorizzava nessuno a prenderla sottogamba, non era mica rimbambita. Avere quel pezzetto di carta era un suo diritto. Non voleva sapere di chi fosse la colpa del disguido: ma finché non l'avesse avuto in mano, si sarebbe rifiutata di mangiare e parlare.

All'unisono la superiora e l'Ernesto fecero per dire qualcosa. Si bloccarono, guardandosi.

«Dica, dica pure Ernesto», lo invitò suor Speranza.

Il Cervicati dapprima allargò le braccia. Poi disse che non ne sapeva niente. Mai ficcato il naso nelle carte della zia.

«Né prima né tantomeno dopo», affermò. Cioè dopo il suo ingresso all'ospizio, quando la zia Antonia aveva voluto cointestargli il conto in banca perché non si sapeva mai. Lui aveva ubbidito, ma che la zia ne avesse dieci cento o centomila non lo poteva dire, non lo sapeva.

La posta, la poca posta che la zia riceveva, aveva preso

la direzione della casa di riposo. Era stato lui in persona a chiedere all'ufficio postale di consegnarla lì, anche se l'indirizzo ufficiale della zia restava quello di casa sua. Quelli non avevano fatto obiezioni.

«Tutto qua», concluse l'Ernesto.

Stando così le cose, rifletté il dottore, sembrava chiaro che l'Ernesto non poteva aiutare a chiarire il mistero.

Toccò a suor Speranza. Prima di parlare si sistemò per bene le maniche della veste sopra i gomiti.

«Be'», attaccò, «non è che quella della posta sia la mia preoccupazione principale...»

La smistava lei, quando aveva un attimo di tempo. Era sempre lei in persona a consegnare le poche cartoline e le ancor più rare lettere destinate agli ospiti. Magari lo faceva dopo un paio di giorni.

«Anche se il postino passa quotidianamente.»

La casa di riposo era infatti abbonata all'«Avvenire», giornale che restava a disposizione di chiunque proprio in quella saletta, ma che veniva sfogliato assai di rado.

«Poca o tanta che fosse, comunque, la posta è sempre stata consegnata al destinatario», affermò la superiora.

«Quindi anche l'estratto conto della signora Antonia», fece il Fastelli.

«Se è arrivato, certamente», confermò suor Speranza.

«Potrebbe non essere arrivato, però. O magari è andato perduto, oppure...» indugiò il dottor Fastelli.

Suor Speranza incrociò le braccia sul torace.

«Oppure...» disse. E tacque.

«Oppure?» chiese il Fastelli.

Ma la superiora s'era messa a guardare il soffitto, muovendo gli occhi qua e là, evitando con lo sguardo sia lui sia l'Ernesto. Ci vollero un paio di minuti prima che si decidesse a parlare.

«Oppure...» ripeté.

«Questo l'ha già detto, suora», celiò il dottore.

«Oppure potrebbe esserci un'altra spiegazione.»

«Quale?» chiese il Fastelli.

Suor Speranza diede l'impressione di non averlo sentito. Si grattò il mento.

«Collegata a quello che è successo ieri», continuò.

«Non capisco», soffiò il dottore.

«La faccenda dell'aglio», chiarì la superiora, fissando l'Ernesto con il vivo azzurro dei suoi occhi. Lui fece un cenno di assenso che richiamò l'attenzione del Fastelli.

«Che aglio?»

Qualcuno, per cortesia, voleva spiegarsi meglio?

Lo fece suor Speranza. Didattica, essenziale.

«Quindi lei suppone che...» ragionò alla fine del resoconto il dottore.

«No», lo interruppe la superiora, «io mi attengo ai fatti.»

Un fatto era che qualcuno si era introdotto nella camera dell'Antonia. Un fatto era che aveva la stessa voce dell'Ernesto, tanto che suor Aspasia l'aveva confuso con lui. Un fatto era che puzzava di aglio. Un fatto era che l'Ernesto *non* puzzava di aglio. Un fatto era che l'Antonia era scesa in sciopero perché voleva il suo estratto conto.

Una mano di fatti incontestabili, ragionò il Fastelli.

«Quindi lei, suora», concluse, «pensa che questo qualcuno sia penetrato nella stanza della signora Antonia per rubare...»

«Non lo so, non posso affermarlo», interloquì la superiora.

«Volevo dire, per rubare il suo estratto conto?»

Suor Speranza tacque.

«E a che pro, per quale fine?»

La superiora non aprì bocca. L'Ernesto sembrava tramortito. Toccò al dottor Fastelli tirare le fila dell'indagine: «Mah!» fece.

Che era poi l'espressione che usava quando si trovava di fronte a un caso clinico particolarmente complicato.

17.

Bravo bravo, il direttore.

Gli aveva illuminato la strada.

Senza volerlo, è ovvio. Ma tanto bastava.

Il dottore, dunque. Con il prevosto fuori causa per via della malattia, sempre che fosse vera, il dottore, secondo nella lista, rientrava in gioco.

Certo, bisognava studiare bene la mossa: era proprio quello che stava facendo il bidello, stravaccato sull'unico e scomodo divano di casa, troppo corto per lui, dalle tre del pomeriggio.

Erano le cinque ormai, già buio.

Dalla cucina il concerto delle pentole, dei piatti, delle ante sbattute, cominciato quando lui s'era sdraiato sul divano, proseguiva imperterrito. Dirigeva la signora Cervicati, nervosissima per colpa del marito svanito, assente non solo a letto ma anche a tavola, sfuggente, perso dietro a chissà quali pensieri.

Anzi, un pensiero molto preciso, nella fantasia rabbiosa della donna: prendeva la forma del culo basso ma formoso della nuova bidella salernitana.

Nonostante l'azione di disturbo, il Cervicati riuscì a riflettere per bene. Non c'era tempo da perdere: innanzitutto doveva allearsi con il Fastelli. Certo, c'era stato il momento di frizione quando lui, forse con troppa veemenza, aveva dichiarato di rifiutare le pastiglie per la pressione preferendo l'aglio.

Secco, il Fastelli gli aveva risposto: «Come vuole». Poi gli aveva chiesto di liberare il posto e di far entrare il prossimo.

Non era un problema insormontabile, a giudizio del bidello. Bastava fare un po' di commedia, recitare la parte, accettare le pastiglie e poi buttarle nel cesso, continuando a curarsi come preferiva.

Va da sé, per un paio di giorni doveva evitare di masticare aglio per non inondare il dottore con quel fastidioso aerosol.

Due giorni, decise, poi fece capolino in cucina e chiese cosa ci fosse per cena.

«Niente», rispose sua moglie. «Ho mal di testa.»

Lei andava a letto, che si arrangiasse.

18.

Il dottor Aloisio Fastelli teneva sommamente in fastidio coloro che giungevano in ambulatorio un minuto prima della fine dell'orario di visita, con l'evidente scopo di evitare la coda. Quella sera il suo fastidio raddoppiò, al comparire del Cervicati Antonio. Alle diciassette e cinquantanove, quando mancava un minuto alla chiusura.

L'umiltà del bidello non gli permise di esternare il malumore.

«Se non ha tempo ripasso in un altro momento, dottore», salutò infatti il Cervicati. Badando bene a corrugare la fronte, a passarsi una mano sugli occhi come se dovesse togliere una ragnatela e a fare un passo indietro quasi che il Fastelli gli avesse detto di ritornare l'indomani.

«Venga», rispose il dottore. In fondo era una pecorella che ritornava all'ovile.

«Non funziona l'aglio, eh?» fece poi.

Il Cervicati, a passi strascicati, guadagnò la sedia davanti alla scrivania e iniziò il suo rosario.

Confusione mentale, come avere la testa dentro un sacchetto del pane.

Rossori improvvisi, caldane, le orecchie in fiamme.

E un ronzio perenne, manco avesse nel cervello una radio mal sintonizzata.

Il Fastelli decise che era venuto il momento di prendersi una piccola soddisfazione.

«Io gliel'avevo detto», sentenziò. «La sua è una pressione che deve essere curata. E con le pastiglie, altro che aglio.»

Il bidello gli diede silenziosamente ragione, facendo sì col capo.

«Dai», fece il dottore, «si sieda sul lettino e vediamo quant'è.»

Il braccio del bidello era già stretto nella fascia dello sfigmomanometro, il dottore aveva appena dato due pompate, quando il Cervicati levò l'indice.

«Ho dimenticato di dirle una cosa», disse.

"La so già", pensò tra sé il Fastelli: era arrivato il momento di confessare la mosceria.

«Dica», lo invitò.

«Ecco... Non so se c'entra... ma è un periodo che sono un po' preoccupato.»

"Anche tua moglie!" aggiunse il Fastelli, sempre tra sé.

«Se vuole dirmi il motivo...»

«Lei, dottore, ha in cura anche le persone che sono all'ospizio, vero?»

«Certo.»

«Quindi saprà che ho lì ricoverata una zia.»

«La signora Antonia Cervicati, o sbaglio?»

«Esattamente», confermò il bidello.

«L'ho visitata proprio un paio di giorni fa», comunicò il Fastelli.

«Come, visitata?» sbottò il Cervicati.

«Per quanto riguarda i miei pazienti, sono tenuto al segreto professionale», rispose il dottore guardando in viso il bidello. E notò che era improvvisamente arrossito, mentre minuscole stille di sudore andavano comparendo sulla fronte. Si rimise lo stetoscopio nelle orecchie e procedette alla misurazione.

180 di massima e 110 di minima!

E una frequenza quasi a 100, però!

«Bando agli indugi», disse allora il Fastelli. «Questa pressione deve essere curata come si deve.»

Esami, cardiologo e pastiglie.

«Siamo intesi?» chiese dopo aver prescritto tutto quel che doveva.

Ma il Cervicati sembrava essere altrove. Prese le ricette, salutò e lasciò l'ambulatorio senza dire altro.

Il Fastelli lo guardò uscire.

«Strano soggetto», borbottò tra sé.

Che, tra l'altro, della mosceria non aveva fatto cenno.

19.

«Non ho fame», salutò il Cervicati rientrato a casa.

Il mal di testa, quella sera, ce l'aveva lui. Voleva solo dormire.

«E queste lasagne?» chiese la moglie inviperita.

«Buon appetito», fu la risposta.

In verità un filino di mal di testa l'aveva davvero. Di sonno invece nemmeno a parlarne. Di una cosa aveva bisogno: buio, solitudine. Per riflettere.

Perché se il dottore aveva visitato la zia Antonia, voleva dire che la zia Antonia era ammalata. E a quell'età bastava un niente per finire nel mondo dei più. Ciò, per lui, significava essere in gara contro il tempo, un tempo che stringeva come la corda al collo dell'impiccato e che lui doveva battere prima di esserne strozzato.

Doveva, doveva assolutamente rientrare nelle grazie della zia.

E, sempre assolutamente, doveva trovare qualcuno che gli facesse da intermediario subito, immediatamente, adesso...

Chi, rifletté il bidello, più della superiora era in stretto contatto con la zia?

La superiora, certo.

Avrebbe potuto anche pensarci prima! In ogni caso, meglio tardi che mai.

La superiora.

Suor...

Come diavolo si chiamava?

20.

Suor Speranza aveva ribaltato per due giorni ogni angolo della casa di riposo alla ricerca dell'estratto conto: dalla lavanderia alle cucine, al salottino per gli ospiti, all'infermeria. La sua ricerca, benché silenziosa, non sfuggì alle consorelle, che però non osarono aprire bocca. Tranne suor Dirce, sovrintendente alla lavanderia, che era sempre contornata da un confortante profumo di sapone di Marsiglia.

Cosa mai cercava suor Speranza?

La risposta della superiora – «Niente!» – la ricacciò tra federe e lenzuola.

Fu suor Aspasia, alla fine dell'infruttuosa giornata, a darle l'imbeccata giusta.

Come al solito, la superiora stava chiudendo porte e portoni. Sulla soglia dell'ospizio, e per un solo momento, la suora ebbe il primo pensiero sereno della giornata, alla vista di un cielo limpido che annunciava vento e l'esistenza di Nostro Signore.

«Sia lodato Gesù Cristo», mormorò.

Poi, una volta blindato l'ospizio: «Andiamo», disse rivolta a suor Aspasia.

La quale, anziché appendersi subito al braccio della superiora com'era solita fare, non si mosse e cercò di inquadrare al meglio la macchia bianca, che era tutto ciò che vedeva di suor Speranza.

«Allora?» chiese questa.

Non era giornata per sopportarne un'altra che battesse la matta.

Le rughe di suor Aspasia si spianarono: «Ha guardato nella camera dell'Antonia?» chiese.

La superiora si chinò come se non avesse sentito bene: «Che cosa?».

«Magari quello che cerca», spiegò suor Aspasia, «potrebbe essere dove deve stare: nella camera dell'Antonia.»

«Dico», ribatté suor Speranza, «lei cosa ne sa di quello che sto o non sto cercando?»

Suor Aspasia levò il viso al soffitto.

La superiora ridacchiò.

«È stata illuminata dallo Spirito Santo oppure ci ha spiato?»

«Spiare?» disse suor Aspasia. «No di certo, sarebbe peccato. Ma le orecchie le ho ancora buone.»

«Ma se c'era la porta chiusa!» obiettò la superiora.

«Non era chiusa bene», fece a sua volta suor Aspasia, con un fare da bambina.

C'era da far mattina avanti così, rifletté la superiora.

«Non era chiusa bene, eh?»

«Infatti!»

«Andiamo, va'», disse suor Speranza, ribadendo il diritto ad avere sempre e comunque l'ultima parola.

La mattina seguente si presentò di persona, colazione in mano, nella camera dell'Antonia.

«Buongiorno!» salutò senza ottenere risposta.

La pazienza di suor Speranza si esaurì in quell'istante. In verità ce n'era ancora pochissima. Tutta l'altra se n'era andata durante la notte, insonne grazie alle parole di suor Aspasia.

Ispezionò l'armadietto, il cassetto del tavolino, il comodino, senza badare al rumore, patapim patapum! Niente. Guardare sotto il materasso le parve ridicolo. Non c'era altro da fare. Dare un taglio a quella manfri-

«Le assicuro di no», il Fastelli con una mano sul cuore.

«Non le credo più», rispose l'Antonia. E poi: «Chi ha tradito, tradirà», sentenziò.

«Mangerà oggi?» chiese delicatamente il dottore.

«No», fu la risposta.

Il Fastelli non seppe più cosa dire. Forse aveva sbagliato, pensò, a rivelare il segreto dell'Antonia alla superiora e all'Ernesto. Gli venne il dubbio che agendo in quel modo avesse fatto sì che un semplice capriccio, una bizza, diventasse una presa di posizione non scevra di gravi conseguenze. Uscì dalla camera senza salutare, riflettendo che bisognava farsi venire un'idea per evitare guai più grossi.

22.

Sfebbrato da tre giorni, un pelino di tosse ma appena appena.

«Libero», gli aveva detto il dottore.

Il prevosto aveva detto «Finalmente!» evitando di confessare che si sentiva ancora un poco debole, ma certo era colpa delle cure. Non vedeva l'ora di riprendere l'attività, per far fronte agli impegni che durante la malattia aveva dovuto lasciare in sospeso.

Tra gli altri c'era anche quello... Certo, non era il più urgente, ma ci aveva pur sempre speso una mezza parola.

Se ne ricordò la prima mattina di convalescenza, mentre tornava in canonica dopo aver visitato un paio di malati per sorbirsi uno zabaione imposto dalla perpetua quale indispensabile misura ricostituente. Rinvigorito dal meraviglioso preparato che valeva più di cento vitamine messe insieme, telefonò a casa del bidello Cervicati Antonio. Fu la moglie Augusta a rispondere, il marito era al lavoro.

Il sacerdote dapprima si scusò, non aveva tenuto conto di quel particolare. Quindi disse alla donna che non voleva farle perdere tempo. Le chiedeva però la cortesia di riferire un messaggio a suo marito: «Gli dica per favore che non l'ho dimenticato. Per colpa dell'influenza ho dovuto rimandare alcuni impegni. Ma lo rassicuri che uno di questi giorni provvederò a fare quello che posso».

Quindi, chiedendo nuovamente scusa per il disturbo, chiuse la comunicazione.

In casa Cervicati il telefono stava su una mensolina in corridoio, sulla parete di fronte c'era uno specchio. L'Augusta si guardò, la cornetta ancora in mano, nelle orecchie il tuu-tuu della linea chiusa.

Si guardò e vide che aveva un'espressione stupita.

Forse anche stupida.

O forse, rifletté, qualcuno la voleva così. Stupida.

Non bastava infatti suo marito con le sue inspiegabili assenze. Adesso s'era aggiunto il signor prevosto con quella telefonata sibillina.

Depose la cornetta. Si avviò lentamente lungo il corridoio, verso la cucina. Pensando.

Pensava che quella del sacerdote, anche se solo con la voce, era una presenza che inquietava.

Cosa c'entrava? Perché le aveva telefonato, cosa sapeva?

Cosa diamine era andato a raccontargli suo marito, tenendo lei all'oscuro?

Le prese un filo di mal di pancia. Le ovaie.

Sempre così quando un'emozione forte le saltava addosso. Le era successo anche il giorno del matrimonio, al punto che, la sera, non era riuscita a essere una buona moglie. L'indomani invece sì, tre volte. Ma non c'entrava, adesso, quel ricordo. Adesso voleva capire cosa stava succedendo a quel matrimonio che fino a qualche giorno prima era filato via liscio come un battello quando non soffiava la breva.

Doveva parlarne.

Ma con chi? Con suo marito? O col prevosto, che magari era d'accordo con lui?

Una camomilla intanto, una bella *camamèla*, per calmarsi e ragionare con tranquillità. Fu con in mano il vasetto della camomilla che all'Augusta venne l'idea.

Ma certo!

Chi meglio di lui?

Buono, compìto, marello e baciapile.
L'Ernesto.
Se c'era uno che conosceva l'Antonio e magari poteva darle una mano a comprendere che cosa gli stesse capitando era lui!
In fondo erano cresciuti insieme e fino a qualche anno prima erano sempre stati in discreti rapporti. In ogni caso, visto che non si parlavano da un bel po', era da escludere che si fossero messi d'accordo su alcunché. Certo, poteva anche essere un buco nell'acqua. Ma il tentativo andava fatto.
Erano le undici del mattino. Non aveva ancora cominciato a fare i mestieri.
Che andassero a farsi benedire!, decise l'Augusta.
E telefonò.
L'Ernesto dormiva come se fosse pronto per la bara. Disteso sulla schiena, le mani incrociate sul davanti. Gli mancava solo un rosario tra le dita. Resuscitò al secondo squillo, un solo pensiero in testa: l'ospizio, suor Speranza, la zia Antonia... Sulle prime non volle credere alle proprie orecchie.
Sua cognata?
«Ma sei davvero tu?» chiese.
«Dormivi? Ti ho svegliato?» l'Augusta aveva fretta di arrivare al sodo.
«No, figurati», mentì l'Ernesto. «Ma cosa succede?»
Il telefono non portava che disgrazie, come i telegrammi.
«Niente, per ora», rispose l'Augusta. «Ma ho assolutamente bisogno di parlarti.»
Quanto prima, aggiunse la donna. Cioè: «Subito», chiarì.
E in privato. Lì da lei.
Non era una richiesta, un ordine piuttosto.
L'Ernesto si sentì costretto a ubbidire: «Dammi il tempo di arrivare».

«Ti aspetto», fece la donna e, clac, giù la cornetta.

Poi, per ingannare l'attesa, accese la radio, primo programma. Di solito mandavano canzonette. Quella mattina invece c'era gente che parlava. Ascoltò per qualche minuto, giusto il tempo per capire che erano politici e giornalisti che stavano discutendo del progetto di legge sul divorzio che camera e senato si stavano rimpallando. Allora spense e si versò una seconda tazza di *camamèla.*

23.

La *camamèla* servì a un tubo.

Quando suonò il citofono, l'Augusta fece un salto sulla sedia. Subito dopo, le ovaie risposero all'appello. Poi, una volta chiesto «Chi è?» e sentito l'Ernesto rispondere «Sono io», la donna si mise una mano sulla bocca, allarmatissima.

«Io chi?» spaventata.

«Io, l'Ernesto», rispose il citofono.

L'Augusta si rilassò, dimenticando di aprire il portone.

«Scusa Ernesto», disse al citofono, «ma tu e tuo fratello avete la voce identica. Ti ho scambiato per lui.»

A quel punto si ricordò di aprire il portone. Ma l'Ernesto non entrò subito. Guardava anche lui il citofono. Gli venne l'impulso irrazionale di chiederle di ripetere le parole che aveva appena detto. Perché erano le stesse che aveva usato suor Aspasia.

Coincidenze?, pensò.

Poteva essere. E tre piani di scale da fare: l'ascensore era fuori servizio. Salì adagio, pensando e boffando. L'Augusta lo stava aspettando alla porta.

«Grazie per essere venuto», salutò.

Quindi abbassò lo sguardo, un'ispezione alle scarpe del cognato: mica tanto pulite. Non erano scarpe che potevano calpestare il pavimento della sala dove giusto il giorno prima aveva tirato la cera.

«Ti dispiace se parliamo in cucina?» chiese.

All'Ernesto non dispiaceva, che lo facesse accomodare dove meglio credeva.

«Tanto più che adesso c'è una bella luce», aggiunse l'Augusta. Per via del sole, mentre la sala, stante la posizione, era quasi sempre in ombra.

«Accomodati», lo invitò la donna una volta entrati nel locale.

Mettere a proprio agio gli ospiti, ragionò poi. Un po' di buona creanza prima di entrare in argomento.

«Ti faccio un bel caffè?»

L'Ernesto fece no con la testa. Non beveva mai caffè.

«O bella, come tuo fratello!» sbottò l'Augusta. «Hai la pressione alta anche tu?»

«No», rispose l'Ernesto. Non beveva mai caffè per il semplice fatto che non gli piaceva.

«Ma non sapevo che l'Antonio soffrisse di pressione.»

Bene, rifletté la cognata: l'Ernesto si stava sciogliendo. Meglio blandirlo ancora un po'.

«Soffre», rispose con un velo di sorriso, «e fa soffrire.»

«Sarebbe a dire?» chiese l'Ernesto.

«Sarebbe a dire che anziché prendere le pastiglie che gli ha consigliato il dottore, tuo fratello preferisce curarsi con l'aglio. Dice di aver letto che è un metodo naturale che non intossica come i farmaci.»

L'Ernesto si lasciò andare sulla sedia. In viso gli si disegnò un'espressione che all'Augusta parve di incredulità. Allora scattò dalla sedia, gli si avvicinò e lo prese per un braccio, obbligandolo ad alzarsi.

«Vieni, vieni a vedere», disse portandolo sul terrazzino della cucina che dava verso il fiume.

«E guarda!» disse poi una volta fuori.

Guardasse quante trecce d'aglio c'erano lì appese, pronte per essere consumate.

«Una scorta per un reggimento!» affermò l'Augusta.

«Ho ragione o no quando dico che fa soffrire?» chiese ancora.

«Perfettamente», uscì dalla bocca dell'Ernesto, che stava pensando che due coincidenze nella stessa mattina erano forse un po' troppe.

24.

Era morto qualcuno.

L'Ernesto, sentendo il campanile che batteva l'agonia, s'era fatto il segno della croce. L'Augusta l'aveva seguito per imitazione, pensando che quella mattina a morire erano state le sue speranze di cavare qualcosa dal cognato. Poi s'erano salutati perché si avvicinava mezzogiorno e non bisognava che il bidello Antonio, rientrando per il pranzo, si trovasse faccia a faccia col fratello.

L'Augusta aveva messo su l'acqua per la pasta e non aveva fatto altro che pensare all'inutilità del suo tentativo.

Non ci aveva cavato niente. Come se avesse parlato con una rapa, una patata, un maccherone.

Quando gli aveva detto che suo marito era strano: «L'Antonio è sempre stato un po' stravagante», aveva risposto l'Ernesto.

Quando gli aveva chiesto se per caso avesse sentito cose sul suo conto: «Io non do retta alle chiacchiere».

Quando l'aveva pregato di dirle se per caso lui avesse notato qualcosa di particolare nel fratello: «Ma se sono sei anni che non ci parliamo!».

Poi era stata la volta dell'Ernesto: «Ma perché? Cosa succede?».

L'indagine era finita lì. L'Augusta non se l'era sentita di confessare al cognato che tutti i suoi sospetti erano cominciati quando Antonio aveva smesso di trombarsela a ogni ora del giorno e della notte.

Poi era partita l'agonia, il segno della croce e amen. Qualcuno era morto.

25.

Al terzo rintocco delle campane il bidello Cervicati Antonio chiese alla collega Luciana, bellanese purosangue, se sapeva chi fosse morto.

«Come faccio a saperlo?» ribatté quella. «Non sono mica le pompe funebri...»

Il Cervicati finse una risata e indifferenza.

«Dicevo così per dire, magari sapevi se c'era qualcuno che stava male», si giustificò.

La Luciana aveva denti da cavallo. Rise di gusto. Che razza di domande faceva il suo collega?

«Qualcuno che sta male c'è sempre, a questo mondo», rispose. «Adesso poi che è cominciata l'influenza... e dicono che sia bella secca! I vecchietti vanno da un momento all'altro. Magari è qualcuno dell'ospizio.»

Manco gli avesse letto nel pensiero.

Il bidello cominciò a sentire il sangue bollirgli nelle vene, le guance in fiamme, le orecchie a fuoco. La Luciana, vedendolo maturare come una ciliegia, gli chiese se si sentisse male. L'Antonio non le rispose. Stava pensando che, se anche il destino s'era alleato contro di lui, quelle campane potevano annunciare soltanto la dipartita della zia Antonia.

A quel punto era meglio rimuovere gli indugi, risolvere i dubbi. L'ultimo tocco dell'agonia svanì nell'aria. Il Cervicati si tolse l'avaiana nera, l'appese, uscì dalla bidelleria senza nemmeno uno sguardo alla Luciana. Percepiva un ronzio alle orecchie come se fossero chiacchiere di un popolo di vespe. Bussò all'ufficio della direzione preparandosi a chiedere licenza di abbandonare il lavoro causa malessere improvviso. Il direttore fu più svelto di lui.

«Sta ancora male, eh?» lo infilzò emettendo il fumo dell'ultimo tiro alla sigaretta.

Il Cervicati restò a bocca aperta, la richiesta di congedo demandata al suo viso stravolto.

«E vada!» disse il direttore. «Però cerchi di curarsi!» lo ammonì.

Sulla soglia del palazzo scolastico il bidello si fermò per ragionare. L'aria fresca gli consentì di ritrovare un po' di calma.

Dove andare, da chi, per appurare l'identità del morto e così ridare vita o affossare definitivamente le sue speranze?

L'Augusta, sua moglie. Che usciva tutte le mattine a fare la spesa vendemmiando, tra piazza, contrade e negozi, le novità del giorno.

Il direttore didattico lo stava guardando, l'ennesima nazionale tra le labbra, da dietro la finestra del suo ufficio. Il Cervicati lo vide quando, mossi due passi, si girò verso il campanile per guardare che ore fossero. Allora, con gesti esagerati, prese il fazzoletto dalla tasca e si asciugò la fronte per lasciare intendere che sudava e dunque qualcosa non funzionava per davvero. Quindi riprese il cammino. Ma verso casa, in direzione diametralmente opposta a quella dell'ambulatorio medico.

E nella mente del direttore si generò il sospetto che il Cervicati non gliela stesse contando del tutto giusta.

26.

Occhi bassi, la mente concentrata in quell'unico pensiero, addirittura estraneo alla realtà che lo circondava, il bidello Cervicati Antonio non si sarebbe assolutamente accorto del fratello Ernesto che usciva dal suo condominio se questi non fosse inciampato nel portone, ruzzolando a terra e subito rialzandosi come se niente fosse stato, senza nemmeno dare uno sguardo in giro, solo spolverandosi il paltorello mentre riprendeva il cammino a passi brevi e svelti.

D'istinto al bidello venne voglia di ridere, poiché l'incidente cui aveva appena assistito aveva i tempi della comica. Invece, quando mise a fuoco l'immagine, alla comica si sostituì la tragedia.

Perché vide suo fratello Ernesto che era appena uscito dal condominio dove lui abitava e si allontanava con il passo svelto di chi ruba o porta cattive notizie.

I suoi dubbi erano diventati realtà.

Cos'altro poteva essere andato a fare l'Ernesto a casa sua, dove non aveva mai messo piede, se non a portare la notizia della morte della zia Antonia?

In quell'orario per di più, un orario in cui era sicuro di non incontrarlo, lasciando a sua moglie Augusta l'incombenza di trasmettergli la notizia!

Ormai, rifletté, non gli restava che una possibilità attorno alla quale aveva già fatto un pensiero, scartandola perché costava denari. Al punto in cui era, però, non aveva che quella strada.

Al diavolo il prevosto, il dottore, suor Speranza!

Solo un avvocato avrebbe potuto aiutarlo.

Salì gli scalini due alla volta, masticando tra sé con fastidio quella parola, avvocato, come fosse un nervetto.

L'Augusta si presentò alla porta di casa con una faccia di già pentita. Non aveva messo in conto che suo marito tornasse prima del solito ed era certa certissima che i due fratelli si fossero incontrati e chissà cos'era successo. Così com'era certa certissima che adesso l'Antonio le avrebbe fatto una scenata di quelle maiuscole e lei non aveva nemmeno avuto il tempo per inventarsi una storia plausibile. Non aveva altra strada se non dire la verità.

Aprì non prima di essersi scompigliata un poco i capelli, al fine di accentuare il sembiante disperato. Al vederla così combinata, il bidello non ebbe bisogno di altro per capire la verità.

«È morta, eh...» disse come se stesse rispondendo a una domanda che s'era fatto da solo: non c'era niente di interrogativo nella sua voce.

Lo usò l'Augusta invece, in preda a una repentina confusione: «Chi?».

«La zia Antonia», rispose il bidello tirando dritto.

Non aveva voglia di parlare, solo pensare, riflettere su ciò che gli restava da fare. Si infilò in sala e si lasciò sprofondare in una poltrona.

L'Augusta rimase alla porta. Pensò al gesto dell'Ernesto, al segno di croce che s'era fatto quando aveva sentito l'agonia.

«Oh, poveretta!» esclamò allora, e stappò il magone che la farciva da qualche giorno. Calde lacrime di rimpianto e di sollievo per sé, per zia Antonia e per la scampata scenata da parte del marito.

27.

La pensata giusta l'ebbe suor Speranza, da quella donna pratica che era. La espose al dottor Fastelli proponendogli, in chiusura, di farsi carico della realizzazione dell'idea.

Lei, era evidente, non poteva impicciarsi di simili questioni offrendo il fianco a illazioni, congetture o chiacchiere di sorta.

«Tenga anche conto, dottore», aggiunse, «che se non ci sbrighiamo l'Antonia corre davvero il rischio di lasciarci le penne.»

Le penne, proprio: perché nell'immaginario di suor Speranza l'Antonia era una vecchia gallina, ormai incapace di fare uova, tenuta in vita solo per l'affezione del padrone.

Aloisio Fastelli giudicò immediatamente che l'idea della superiora non era niente male. Anzi, era la mossa giusta, decisiva per uscire dall'impasse.

Se la superiora si tirava indietro, però...

«Ho le mie buone ragioni per farlo», interloquì suor Speranza.

«Le comprendo», ribatté il dottore.

Tuttavia erano le stesse ragioni che poteva avanzare anche lui per non assumersi un tale incarico.

«E in ogni caso penso che prima di me o di lei, madre, tocchi a un familiare fare un passo del genere.»

«L'Ernesto?» chiese suor Speranza.

«L'Ernesto», confermò il Fastelli.

Ma l'Ernesto rifiutò categoricamente.

Convocato all'istante, non prima di essere stato tranquillizzato sulle condizioni della zia Antonia, era salito verso l'ospizio a passo di corsa, convinto ancora una volta che gli stessero indorando la pillola. Entrato nel salottino e vista la presenza del dottor Fastelli credette di capire che lo avessero ingannato davvero e che il destino della zia si fosse compiuto.

Brusca, suor Speranza ne placò le ansie: «Stia tranquillo, Ernesto. La zia è ancora viva».

Che si sedesse, invece, e stesse a sentire quello che aveva da dire.

«Cosa le pare?» chiese alla fine.

«Mi sembra un'ottima idea», rispose l'Ernesto.

«Se la sente quindi?» intervenne il Fastelli.

«Di andare, io... in...»

«Certo.»

«No», rispose l'Ernesto imporporandosi.

Nelle cose della zia, l'aveva già detto e adesso lo ribadiva, non aveva mai messo il becco e non gli sembrava davvero quello il momento per cominciare a farlo. Se la superiora aveva i suoi buoni motivi per rifiutare l'incarico, a maggior ragione lui, parente stretto, doveva tenersi alla larga da chiacchiere, insinuazioni, sospetti e quant'altro.

«Va bene, d'accordo», sbottò il Fastelli, «ma così non facciamo altro che perdere tempo. Stiamo qui a fare della filosofia mentre sua zia continua a rifiutarsi di mangiare. Mi capisce? Finirà che si ammala per davvero, se non peggio!»

«Non lo metto in dubbio, ma...» balbettò l'Ernesto.

«Bisogna trattare questa cosa per quello che è», buttò lì la superiora.

Cioè un caso clinico.

A quell'uscita lo sguardo dell'Ernesto si puntò sul dottore, appaiandosi a quello della superiora che già da tempo l'aveva messo nel mirino.

«Giusto», disse.

«Giusto cosa?» chiese il Fastelli.

«Insomma», si spiegò l'Ernesto, «credo che la superiora abbia ragione.»

Suor Speranza sorrise.

«Se anche lei, dottore, è d'accordo che quello dell'Antonia è diventato un caso clinico, e non può non esserlo, chi meglio di lei in persona può occuparsene?»

«Va bene, suora, ma...» tentò di obiettare il Fastelli.

«Quale medico dell'Antonia può dare alla cosa un taglio, definiamolo, sanitario», suor Speranza a carrarmato.

«Sì, domani! Scusate entrambi, ma non vi sfiora l'idea che anch'io possa avere delle remore a fare una cosa del genere?»

L'Ernesto stava per dare ragione al dottore, ma la superiora non glielo permise: «Che remore, dottore?».

Lui poteva farsi forte della necessità professionale.

«Nel chiedere una cosa così, è come se domandasse una medicina in farmacia. Quando la sentirà spiegare il caso, il direttore comprenderà che non c'è altro interesse da parte sua se non la salute dell'Antonia», insisté la superiora.

«Se facessi una telefonata?» buttò lì il dottore.

Ma suor Speranza era senza pietà.

«Se lei fosse nei panni del direttore parlerebbe al telefono di una faccenda così delicata?»

Il Fastelli, ormai senza più cartucce, si arrese all'artiglieria di suor Speranza.

«Lei, suora, doveva fare l'avvocato», disse.

«Nostro Signore ha disposto diversamente», replicò serafica la superiora.

Che voleva essere certa di non aver parlato a vuoto.

«Siamo d'accordo, quindi», chiese. «Ci pensa lei?»

Il Fastelli sbuffò.

«Non sono nemmeno cliente di quella banca, il direttore lo conosco sì e no di vista...»

Suor Speranza lo lasciò dire, tanto ormai il Fastelli aveva alzato bandiera bianca.

«Faccia presto», sussurrò.

E, non vista, schiacciò l'occhio all'Ernesto.

28.

Ma quale appetito!

L'Augusta glielo aveva chiesto dalla porta della sala, dopo aver sfogato la maggior parte del magone da sola, seduta in cucina.

Il bidello l'aveva guardata e aveva risposto che non ne aveva proprio di appetito, che non poteva averne, dopo quello che era successo.

A quel punto l'Augusta comprese che il momento era arrivato, l'ora della verità, l'occasione per fare chiarezza.

Entrò in sala camminando quasi sulle punte e si sedette sulla poltrona di fronte al marito.

«Antonio, cos'è successo?» chiese.

L'uomo fece una mezza risata. Il culo basso ma invitante della bidella salernitana dondolò per un momento davanti agli occhi dell'Augusta.

Stava per bere l'amaro calice, pensò. Ma era giunta l'ora. Così non si poteva andare avanti.

«Dimmelo», insisté. «Qualunque cosa.»

E chiuse gli occhi per parare al meglio la confessione dei tradimenti e di chissà cos'altro, mentre il bidello cominciava a raccontare i travagli dei giorni trascorsi, l'inutile visita alla zia che non gli aveva parlato e nemmeno l'aveva guardato, tutti i suoi piani saltati in aria per colpa di un destino carogna e di quelle carogne in carne e ossa che avevano approfittato della sua dabbenaggine.

L'Augusta, a un certo punto, riaprì gli occhi.

Dov'erano i tradimenti? Che fine aveva fatto la bidella salernitana col suo culo basso che, adesso, non sembrava più così invitante?

«Ecco cos'è successo», concluse l'uomo.

Meccanicamente, mentre suo marito stava finendo di raccontare, l'Augusta aveva cercato di ricomporsi un poco i capelli. Il magone s'era completamente asciugato e pure gli occhi, che bruciavano ma appena appena. Guardò con dolcezza quell'uomo che aveva ingiustamente incolpato di essere fedifrago, sentì di volergli bene come, anzi, più di prima.

«Avrà lasciato un testamento?» chiese.

«Vallo a sapere...» rispose il bidello.

«Quando faranno i funerali?» di nuovo l'Augusta, ma già calcolando tra sé che, essendo giovedì, il funerale avrebbe potuto svolgersi sabato mattina e quindi, visto che poi c'era di mezzo la domenica, prima di lunedì non sarebbe stato possibile sapere alcunché.

«Non lo so», aveva intanto risposto il marito.

«Ma di cosa è morta?» indagò l'Augusta.

No, perché se era morta di un colpo o di un infarto, insomma di quelle cose che fanno gonfiare i corpi, c'era il caso che il funerale potesse essere anticipato a venerdì pomeriggio, così che il testamento, sempre che ci fosse, poteva essere aperto sabato mattina.

«Influenza, forse?»

Il marito le rivolse uno sguardo nervoso.

«Cosa vuoi che ne sappia io? Dimmelo tu, piuttosto!»

Lei?

Che ne sapeva lei, se era stato lui...

«Tu.»

«Io cosa?»

«Tu.»

Lui?

«A dirmi che è morta la zia Antonia.»

Il bidello si chinò verso di lei.

«Io?» brusco. «Ma hai le traveggole?»

"Uei, calma!" pensò l'Augusta. Se credeva di farla passare per scema, si sbagliava.

«Dico, ti senti bene?» chiese. «Cosa hai detto, quando sei entrato, mezz'ora fa?»

«Cosa dicevo? Niente... Pensavo...»

«Ma come, niente! Sei entrato dicendo che la zia...»

«Sì, ma io pensavo...»

«Ho capito che pensavi», lo interruppe l'Augusta salendo di tono, «ma si può sapere cosa?»

Non era necessario gridare, ribatté il bidello. Invece era necessario capire di cosa stavano parlando.

«Quindi...» disse.

In quella casa era entrato sì o no suo fratello Ernesto mentre lui era a scuola?

«Non dire no, perché l'ho visto uscire con i miei occhi.»

L'Augusta arrossì, temendo una richiesta di spiegazioni. Ma era all'angolo, non poteva mentire.

«Sì», ammise. «È venuto.»

«E non è venuto per avvisarci che la zia Antonia è morta?»

29.

Nell'ufficio del direttore della Banca del Credito Orobico c'era odore di aglio e la cosa suonò come un oscuro presentimento al naso del dottor Fastelli. Di chi fosse la responsabilità non gli riuscì di stabilirlo poiché il direttore, avvertito della visita, aveva acconsentito a riceverlo non appena avesse congedato il cliente con cui stava parlando.

Dopo un'attesa di una ventina di minuti, Aloisio Fastelli era stato accolto.

«Piacere. Sisto Sansicario, ragioniere», si era presentato il direttore.

Pure il Fastelli aveva declinato nome, cognome e titolo accademico. E quindi, approfittando dei pochi istanti di silenzio, aveva cercato di soppesare il personaggio che gli stava davanti: compìto, elegante come da etichetta, misurato nei gesti. Sedendo, il Sansicario s'era sistemato i revers della giacca e il nodo della cravatta. Formale. Forse ci teneva a mantenere le distanze. Il Fastelli avrebbe preferito avere di fronte un interlocutore che ispirasse più confidenza. Così invece, anche se solo a una prima valutazione, il compito che doveva affrontare sembrava più arduo del previsto.

Fu lo stesso direttore a interrompere le speculazioni del Fastelli: «Mi dica».

Il Fastelli cominciò. Ormai era lì, non poteva tirarsi indietro. Ma la prese alla larga.

«Sono vent'anni che faccio il medico in questo paese.»
Come si poteva immaginare ne aveva viste di tutti i colori. Situazioni particolari, strane, che tuttavia era riuscito a medicare.
«Non in senso strettamente professionale», spiegò.
Piuttosto cercando di mettere una pezza qua e una là, ricorrendo anche all'aiuto di chi aveva un certo potere sulle coscienze degli uomini.
«Il maresciallo per esempio, oppure il signor prevosto.»
Persone che, come lui, avevano a cuore il benessere della comunità e il vivere in pace.
Il Sansicario ascoltava. Il Fastelli fece una pausa, giusto il tempo necessario a scacciare una fastidiosa suggestione: il direttore gli ricordava un cadavere che gli era capitato sottomano ai tempi dell'università, tale e quale.
«Ora», riprese, «quelle stesse ragioni mi hanno portato qui, oggi.»
Una persona normale avrebbe come minimo chiesto quali fossero queste ragioni: il direttore invece no.
Muto.
Al Fastelli non restò che proseguire ed entrare nel merito della questione. Snocciolò, con precisione da cronista, tutta la storia dell'Antonia. Puntualizzò anche di essere al corrente dell'esistenza di un parente che aveva, come si dice, la firma sul conto della donna: tuttavia non c'era stato modo di convincerlo a fare quel passo: lo sosteneva un convincimento morale che non c'era stato verso di scalfire.
«Così questo bell'incarico me lo sono beccato io.»
Alla fine si rilassò sulla sedia, adesso toccava al Sansicario. Il quale diede a vedere di essere vivo prendendo una matita, un foglio e poi guardando il Fastelli.
«Sono qua da tre anni», disse, «ed è la prima volta che ci incontriamo.»
"Che c'entra?" pensò il Fastelli.
Se quello non voleva aiutarlo per il solo fatto che non

era cliente della sua banca, bastava lo dicesse. Se ne sarebbe andato al volo, non vedeva l'ora.

«Ma questo non importa», aggiunse il Sansicario, picchiettando la matita sul foglio.

«La cosa che lei mi chiede non è del tutto regolare», sentenziò.

"Bella scoperta!" rifletté il Fastelli. "Lo sanno anche i bambini!"

«Non lo metto in dubbio», osò il dottore. «Tuttavia, siccome ogni regola ha le sue brave eccezioni, a mio parere in questo frangente ci troviamo di fronte a un caso eccezionale.»

«Lei dice?» chiese il direttore, incagliandosi subito in un nuovo silenzio.

Tutto quel tira e molla, quei silenzi, stavano cominciando a esasperare il Fastelli.

«In effetti», riprese il direttore, «il quadro che lei mi ha fatto è, come dire...»

«Particolare?» suggerì il dottore.

Il Sansicario approvò: «Particolare...».

Al Fastelli parve fosse giunto il momento di spingere verso la conclusione. Disse, quindi, che lui voleva essere solo il tramite meccanico dell'operazione: per cui, se accettava, avrebbe sigillato il documento dell'Antonia in una busta in modo che il segreto bancario fosse rispettato.

Forse il Sansicario non aveva pensato a quella soluzione, perché alle parole del dottore ebbe una scossa. Addirittura si sporse un po' verso il Fastelli.

«È un'ottima idea», disse.

Allora chiamò un dipendente e spiegò quello che desiderava venisse fatto.

30.

Uscito l'impiegato, dottore e direttore si guardarono senza più sapere cosa dire. Del silenzio imbarazzato che calò nell'ufficio approfittò l'aglio. Rinvigorito dall'assenza di dialogo, rivendicò il primato di principe degli olezzi, solleticando le narici del Fastelli.

Il quale, giusto per rompere lo stallo e riflettendo che tutto sommato, se si trovava lì, doveva dire grazie a quell'odore pungente, chiese al Sansicario se per caso nei giorni precedenti non avesse avuto una richiesta simile alla sua, ma fatta da altra persona.

Il direttore interpretò male le parole del Fastelli. Si impettì.

Ma cosa credeva, quello? Che lui fosse lì a esaudire i desideri di tutti senza un minimo di criterio?

«Come può venirle un'idea simile?» ribatté severo.

Aloisio Fastelli si rese conto di averla fatta fuori dal vaso e si sentì arrossire.

«No», si giustificò, «forse mi sono spiegato male.»

«Forse», telegrafò il direttore.

«Anzi, senz'altro», si umiliò il dottore.

Non voleva affatto insinuare un sospetto che lui l'avesse evasa, quella richiesta. Solo se l'aveva avuta. E se voleva saperla tutta, ridacchiò il Fastelli, l'idea gli era venuta proprio annusando l'aria dell'ufficio, greve di aglio.

«Perché l'aglio», spiegò il dottore, «il suo odore soprattutto ha un'importanza fondamentale in tutta questa vicenda.»

Il bancario accettò la spiegazione con un mezzo sorriso.

«Sono io», disse poi. Era lui a emanare quell'odore. Aveva la pressione un po' alta e anche lui, alle pastiglie e alla chimica, aveva preferito masticare aglio, rendendo la vita difficile a quelli che gli stavano intorno.

«Me lo posso permettere», aggiunse. «Sono scapolo e qui in banca comando io.»

Forse lui, visto che era medico, proseguì il Sansicario, non era d'accordo. Però tenne a sottolineare che si era convertito a quel tipo di cura proprio dopo aver parlato con un medico, un suo compagno di scuola, propugnatore della medicina naturale. Che proprio di recente l'aveva messo al corrente dell'esistenza di un tipo di aglio che non lasciava tracce nell'alito del consumatore: si stava informando se fosse possibile reperirlo in Italia oppure, come pareva fosse più facile, nella vicina Svizzera.

L'apoteosi dell'aglio si interruppe bruscamente quan do qualcuno bussò alla porta. Era l'impiegato che aveva espletato l'incarico. Entrò in apnea, consegnò al direttore una busta bianca, ben sigillata, con l'intestazione della Banca del Credito Orobico. Il Sansicario la prese e la trattenne sino a che l'impiegato non se ne andò. Una volta richiusa la porta, la tese al Fastelli.

«A lei», disse.

Il dottore ringraziò e fece per alzarsi. Il direttore ne interruppe la mossa.

«Quanto...» e si bloccò sospirando.

Una violenta zaffata di aglio colpì in pieno viso il dottore: «Quanto alla domanda che mi ha posto poco fa...».

Nuova interruzione, nuovo sospiro, odore di aglio che saturava l'ambiente.

«Sì?»

Al dottore bruciavano un po' gli occhi.

«Dicevo, riguardo alla possibilità che qualcun altro possa avermi rivolto una richiesta simile alla sua...»

Un'agonia quella fine di conversazione.

«Mi dica», cercò di incitarlo il Fastelli.

«La risposta è no. Prima di lei non c'è stato nessuno.»

«Bene, la ringrazio», fece il dottore alzandosi con decisione.

Ma: «E anche...» proseguì imperterrito il Sansicario.

O porcaeva! Proprio adesso gli si doveva sbloccare la lingua?

«...anche se ci fosse stato, tenga presente che non avrebbe ricevuto lo stesso trattamento che, in via del tutto eccezionale, ho riservato a lei. Sono certo che tutto ciò che è avvenuto qui dentro oggi resterà un segreto tra me e lei.»

Il Fastelli diede un colpo deciso con il capo, a sigillare la promessa.

«Segreto professionale», confermò. «Come se tutto ciò fosse accaduto nel mio ambulatorio.»

«Bene», approvò il direttore allungando una mano.

«Lei ci è stato prezioso», salutò il Fastelli allungando a sua volta la mano e stringendo quella del direttore.

Una volta fuori, all'aria fresca e profumata di bosco, se l'annusò. Ci avrebbe scommesso, ora sapeva di aglio.

31.

Per il momento evitare inquisizioni da parte del marito, non avrebbe saputo cosa rispondere.

Questo, a bocce ferme e uomo ancora un po' disorientato, era stato il primo pensiero dell'Augusta.

Ci voleva una manovra diversiva che le desse il tempo di prepararsi all'inevitabile interrogatorio.

Un'occhiata all'orologio e, voilà!, il piano, come il tempo per definirlo, c'era.

Aveva detto all'Antonio di starsene lì in casa buono e calmo, magari si bevesse anche lui una bella tazza di *camamèla.* Lei intanto usciva per informarsi sull'identità del defunto. In fin dei conti la possibilità che a fare il salto fosse stata davvero la zia Antonia c'era tutta. Ma aveva tenuto per sé quella considerazione.

Alla prima fermata, il panificio Alberico Scaccola e figli, l'Augusta risolse il dubbio: il morto era un certo Bisenti Olinto, di ottanta e passa anni. Le campane erano suonate per lui come da tradizione, perché sebbene da tempo ormai fosse trapiantato altrove e vivesse con il figlio a Vighizzolo, era bellanese di nascita.

Una buona notizia. Non certo per il Bisenti Olinto. Ma per lei, e per suo marito, che avrebbe tirato un sospiro di sollievo. E che però, ne era certa certissima, non avrebbe mollato.

Cosa ci faceva l'Ernesto lì in casa loro?

Avrebbe voluto saperlo.

Poteva rispondere che era stata lei a convocarlo, addirittura per confidarsi e chiedere consigli?

Nemmeno per idea! Poteva prevedere la reazione dell'Antonio, un giramento di eliche da far volare i piatti.

Anche le parole poteva immaginare.

Ma come, era andata a spiattellare i loro segreti proprio al fratello con il quale non parlava ormai da sei anni?

Tuttavia, si chiese a un certo punto l'Augusta, che bisogno aveva adesso di inventarsi una balla?

In fin dei conti zia Antonia era ancora viva, una notizia della madonna, tutto il resto passava in seconda, terza fila, addirittura non contava più niente!

L'Ernesto?

Eh, l'Ernesto, sì...

Ma cosa gli importava?

Poi ti spiego!

Perché adesso, adesso bisognava pensare a cosa fare, come muoversi, senza perdere altro tempo.

Uscita dalla bottega del salumiere Fragassi, l'Augusta si sentì sicura.

Quando entrò in casa lo fece con passo deciso. Informò subito il marito che la zia Antonia era viva e vegeta, poi lo imbesuì con un fiume di parole, raccontandogli per filo e per segno dove, come e da chi aveva raccolto la preziosa informazione.

Come previsto, l'Ernesto scomparve immediatamente dai pensieri di suo marito.

«E adesso cos'hai intenzione di fare?» chiese lei.

«Devo pensare», rispose, laconico, l'uomo.

32.

La busta della Banca del Credito Orobico nella tasca dell'impermeabile. La mano destra nella stessa tasca e due dita a stringerla, si sapeva mai.

Il dottor Aloisio Fastelli, con quel prezioso carico, non appena uscito dall'istituto di credito filò all'ospizio per consegnarlo alla superiora.

«Missione compiuta», disse pur nell'affanno per la salita.

Voleva intendere che il suo dovere l'aveva fatto e dunque zia Antonia poteva, anzi doveva smettere di fare i capricci. Quanto all'Ernesto, pensasse suor Speranza a informarlo circa il buon esito della sua sortita.

«Ha fatto trenta, faccia trentuno, no?» ribatté suor Speranza.

Gli costava così tanto salire lui dall'Antonia e consegnare la busta?

«Brava suora!» obiettò il Fastelli. «Così l'Antonia mangia la foglia, capisce la manfrina e magari si inventa qualche altra protesta.»

Bisognava fingere, invece. Fingere che la busta fosse andata perduta e ritrovata dopo assidue ricerche.

«Magari in lavanderia», interloquì suor Speranza.

«Un posto vale l'altro», asserì il Fastelli.

Che, subito dopo, si affrettò a salutare e riprese la strada per il paese: aveva già perso sin troppo tempo, trascurando il lavoro.

Suor Speranza salutò a sua volta, augurando una buona giornata. E quando il dottore aveva già fatto dietro front, gli disse che, stante tutta l'influenza che c'era in giro, temeva che si sarebbero rivisti molto presto.

Profetica, la superiora. Ma nemmeno lei immaginava che dovesse accadere così in fretta.

Intanto, mentre scendeva, al Fastelli successe una cosa. Niente di drammatico. Ma l'Antonia non voleva togliersi dai suoi pensieri. Nonostante avesse portato a termine la missione con successo, cosa che avrebbe dovuto autorizzarlo a lavarsene le mani, la vecchina e la sua vicenda stavano fermi lì.

Un vero e proprio caso.

«Non ancora – non del tutto – risolto», canterellò il dottore, ormai prossimo alla piazza della chiesa, sulle note di una melodia inventata lì per lì.

Perché se adesso l'Antonia poteva ritrovare pace e appetito, tenendo tra le mani una copia del redivivo estratto conto gentilmente fornita dall'algido Sansicario, nella vicenda restavano ancora molti lati oscuri.

Per cominciare, l'identità dell'ignoto visitatore che giorni prima si era introdotto nella sua camera. E questo interrogativo se ne tirava dietro altri.

Per esempio, per quale ragione l'ignoto si era spinto a entrare nella camera dell'Antonia?

Per rubare?

Un estratto conto?

Se ne valeva la pena...

Però, alt! Per spingersi a un'azione del genere, rubare, doveva già sapere che ne valeva la pena, o quantomeno immaginarlo.

Quindi, se lo sapeva o perlomeno aveva dei sospetti, perché andare a rubarlo?

Ma, anche, come aveva fatto a sapere che ne valeva la pena?

E, infine, ne valeva davvero la pena?

Quando arrivò alla porta dell'ambulatorio, il dottor Fastelli aveva nella testa una carovana di domande cui non era riuscito a rispondere. Si sentiva come quando, davanti a un esame del sangue sballato o a un dolore di natura imprecisata, cominciava a chiedersi il perché e il percome.

L'umidore che impregnava la sala d'attesa dell'ambulatorio, frutto delle tossi, degli starnuti, dei ronchi, dei rischi e dei raschi di tutti quelli che s'erano beccati l'influenza e lo aspettavano per guarirne, lo riportò alla realtà: non era Maigret e nemmeno Sherlock Holmes.

L'Antonia, invece, non la pensava così: era convinta che lui avesse la stoffa dell'investigatore, tant'è che non lo mollò per l'intera giornata. Piantata al centro dei pensieri, come una sentinella.

Cenò insieme con lui: fegato alla veneziana.

Con lui guardò, per l'ennesima volta, *Ombre rosse.*

Finse anche di addormentarsi con lui, attorno alle undici, prontamente risvegliandosi quando, alle undici e trenta, il telefono squillò.

33.

Il bidello Cervicati Antonio s'era bevuto la *camamèla* nell'attesa del ritorno di sua moglie. Aveva incassato la notizia della zia viva e vegeta.

Contento, da un lato, perché i giochi non erano ancora del tutto fatti. Un po' meno, dall'altro, perché ormai era chiaro, perlomeno a lui era chiaro, che era solo contro tutti: l'Ernesto, il prevosto, il dottore, la suora. Comunque la rigirasse, la vedeva dura, una guerra persa in partenza, come andare all'assalto di un carrarmato con un temperino. Pensieri che toglievano la fame.

Infatti non aveva mangiato. Né pranzo né cena. Alle undici della notte aveva cominciato a gorgogliargli lo stomaco. Ma non era fame. Nervoso, piuttosto. Bolle d'aria che sembravano scorregge. Senza puzza, d'accordo, ma ugualmente fastidiose.

Così, verso le undici e trenta, l'Augusta decise di dare un taglio al concerto.

Accese la luce.

«Se hai fame», disse, «ti preparo qualcosa, un panino...»

L'uomo aveva gli occhi piantati nel soffitto, le mani incrociate dietro la nuca.

«Macché panino», rispose.

Un po' brusco.

L'Augusta se ne sentì offesa. In fin dei conti lei cosa c'entrava?

A meno che...

A meno che suo marito non le avesse propinato una fila di balle e tutta la storia della zia Antonia fosse la copertura di qualche altro ghetto. Alla fin fine lei s'era fidata delle sue parole e basta, prove vere non ne aveva viste.

Un pensiero da togliere il sonno, mentre lei voleva dormire.

Quindi: «Ascoltami, Antonio. Sei sicuro di quello che mi hai detto questa mattina?» chiese.

L'uomo girò appena gli occhi verso di lei, sul viso un'espressione di sufficienza. Poi disincagliò le mani da dietro la nuca, buttò fuori le gambe dal letto, si alzò. Raggiunse il cassetto delle mutande, frugò per un momento, ritornò a letto con in mano una busta: l'estratto conto della zia Antonia.

«Guarda te», disse infine.

Dopo aver guardato, l'Augusta si mise a sedere nel letto. Le era venuta una scalmana per l'emozione. Perché una cosa era sentirla pronunciare, un'altra, tutt'altra!, era vederla scritta, una cifra del genere.

«Chi l'avrebbe mai detto!» commentò.

«Appunto», mormorò il bidello.

Un sospiro, poi l'Augusta scosse il capo: «Se tu me ne avessi parlato subito...».

«Ormai...» soffiò l'uomo, che era tornato a incrociare le mani dietro la nuca.

Ormai?

Cosa voleva dire?

Come se tutto si fosse già compiuto!

Invece no.

Ormai un tubo.

«Ancora non è tutto perduto», sentenziò l'Augusta.

«Ah no?» miagolò il Cervicati.

«No», confermò la donna.

Con la zia Antonia ancora in vita, era da fessi alzare

bandiera bianca. Certo, bisognava studiare bene le mosse, andarci cauti: lavoro tipicamente femminile.

All'Antonio sembrò che sua moglie straparlasse.

«Si può sapere cosa stai dicendo?» chiese.

«Dico che d'ora in avanti si fa come dico io. Noi donne abbiamo il tatto giusto per trattare certe cose, sappiamo essere diplomatiche. Per questo riusciamo a farci sposare da chi vogliamo.»

«Beato chi ti capisce», fece il bidello.

«Adesso mi spiego», rispose la donna. «E tu ascoltami bene.»

Si trattava di andare, il giorno seguente, tutti e due insieme alla casa di riposo, con la dotazione di un bel mazzo di fiori da mettere nella cappelletta e di una scatola di biscotti per la zia.

Qualcuno poteva impedire loro di fare visita a una parente stretta?

No, bon.

Quindi avrebbero fatto un po' di compagnia alla zia, ci avrebbe pensato lei a lisciarla per bene, non era necessario che lui aprisse bocca. Poi, dopo una mezz'oretta, sempre lei, con molta grazia, l'avrebbe invitata a pranzo per la domenica a venire.

I fiori dovevano essere tanti, belli, costosi: era fondamentale infatti ingraziarsi le suore e garantirsene la collaborazione, soprattutto in quel primo approccio.

Una volta in casa loro, sarebbe stato un gioco da ragazzi infarinare la zia come un filetto di pesce persico e farle intendere che poteva venirci più spesso, facendole addirittura balenare l'idea che lì un letto per lei c'era da sempre e per sempre.

«Addirittura!» interloquì a quel punto l'Antonio.

L'Augusta lo frenò immediatamente.

«Non ho detto che dovremo prendercela in casa», sottolineò.

Ma solo che bisognava farle credere che esisteva quella

possibilità, farle capire che se avesse voluto loro erano disposti ad accoglierla.

«Bisogna ammazzarla di gentilezza, sotterrarla di premure, farle credere...»

All'Augusta mancarono le parole.

«Farle credere cosa?» chiese l'Antonio.

La donna sapeva che stava per dirla grossa. D'altronde la verità era quella e suo marito non poteva certo scandalizzarsi.

Sparò, arrossendo sino alla radice dei capelli: «Farle credere che siamo disinteressati, che lo facciamo solo perché le vogliamo bene».

34.

Quattro squilli e Aloisio Fastelli aveva la cornetta in mano. Non prima di aver incocciato con il piede in una cassapanca che stava in corridoio e che troppe volte si era ripromesso di spostare altrove, senza averlo mai fatto e pagandone adesso lo scotto.

Suor Speranza non perse tempo a fare complimenti, non si scusò per l'orario: «Può venire, dottore?».

Al Fastelli balenò il pensiero che forse, per la prima volta, l'avrebbe vista senza la cuffia.

«Sembra una colica», aggiunse la superiora, spegnendo nel Fastelli ulteriori fantasie.

Epatica, renale?

Più epatica forse, ma lei non era dottore.

«Chi è?» chiese il Fastelli.

Birgitta Saccomani. Novant'anni. Da mesi non si alzava più dal letto. Di ricoverarla in ospedale non era nemmeno il caso di parlarne. La cosa andava risolta lì, all'ospizio.

«Mi vesto e arrivo», laconico il Fastelli.

Un quarto d'ora più tardi era sotto la casa di riposo. La notte era serena, silenziosa, il cielo un luccichio di stelle. Come una stella brillava, nel buio intorno, una finestra illuminata al terzo piano dell'ospizio. Evidentemente, ragionò il Fastelli, la camera della Birgitta.

Suor Speranza lo aspettava nell'atrio della casa, la cuffia d'ordinanza in testa, le maniche della veste tirate su oltre i gomiti. Si avviarono entrambi per le scale.

Giunti al secondo piano però, e notando che il dottore stava per imboccare la rampa che portava al terzo, la superiora lo richiamò, facendo rimbombare la voce.

«Dove sta andando?»

Il Fastelli si arrestò.

«Su al terzo», rispose, «dalla Birgitta.»

«Ma se è qui al secondo», comunicò suor Speranza.

Aveva fatto solo tre gradini il Fastelli, li ridiscese subito.

«Credevo fosse sopra», si spiegò accodandosi alla superiora. «Arrivando ho visto una finestra illuminata al terzo piano e così...»

«Al terzo piano?» chiese suor Speranza.

«A meno di aver avuto un'allucinazione...» fece il Fastelli.

«Strano», borbottò la suora.

Forse era il caso di andare a controllare.

«L'accompagno dalla Birgitta e poi salgo», decise suor Speranza.

Il Fastelli cominciò a visitare la donna mentre dal campanile della chiesa volavano nell'aria i rintocchi della mezzanotte. Al sesto si sovrapposero a quell'unico rumore notturno i passi di suor Speranza che scendeva precipitosamente dal terzo piano.

Si fermò sulla soglia della camera.

«L'Antonia!» disse.

Il dottor Fastelli si tolse dalle orecchie lo stetoscopio.

«Come dice?»

«L'Antonia», ripeté la superiora.

«Cosa c'è? Sta male anche lei?»

Suor Speranza fece no con la testa.

«È morta», disse poi.

35.

Era epatica, la colica, e dopo un'iniezione stava cominciando a passare.

Nessuna iniezione invece avrebbe ridato vita all'Antonia.

Il Fastelli era salito da lei facendo i gradini due alla volta. Suor Speranza l'aveva seguito con più calma, sapendo che non c'era niente da fare. Poco prima, entrata nella camera dove la luce era ancora accesa, l'aveva toccata: quasi fredda, ormai.

«Dev'essere spirata già da qualche ora», disse il dottore quando la superiora entrò nella camera. «È già abbastanza fredda.»

Suor Speranza non fece commenti. Il Fastelli si drizzò, portò le mani dietro la schiena, augurandosi di poter campare sino all'età dell'Antonia. Poi annusò, con enfasi. L'aveva già sentito poco prima, appena entrato nella stanza. Ma voleva, senza apparire indiscreto o impiccione, che suor Speranza glielo certificasse.

Era menta?

«È menta», disse la superiora a conferma del suo tirar su col naso.

Quel giorno l'Antonia s'era succhiata quasi un etto di mentini. Sempre avuto quel vizio. C'erano giornate in cui era stata capace di mangiarne anche di più.

«E chi glieli portava?» chiese il Fastelli.

«L'Ernesto. Non la lasciava mai senza.»

Il dottore tornò a guardare la defunta: per nulla scomposta, il viso improntato a una pacata soddisfazione, tranquilla al momento dell'estremo passaggio.

«Davanti al tribunale dei cieli, la zia Antonia si presenta profumata di menta», esclamò il Fastelli.

Suor Speranza lo guardò: il merlo che era in lui cercava, scherzando, di non far trasparire l'emozione, il dispiacere.

Gli diede corda.

«E a stomaco pieno, come si dice sia meglio morire.»

Il dottore abboccò all'amo.

«Ha... cioè, aveva ripreso a mangiare?»

«Eccome», confermò la superiora.

Lei, raccontò, era salita dall'Antonia per consegnarle la famosa busta. L'Antonia l'aveva presa sorridendo, dopodiché aveva detto che avvertiva un certo appetito. All'ora del tè la busta era ancora intatta sul comodino e tuttavia l'Antonia aveva spazzolato mezza scatola di biscotti. Infine aveva anche cenato.

«La solita cena leggera», puntualizzò la superiora, «ma con una doppia porzione di prosciutto cotto.»

Mezzanotte e trenta, avvisò il campanile, richiamando alla realtà suor Speranza e il Fastelli, che dopo le parole della superiora erano rimasti a lungo in silenzio.

«Bisogna sistemarla un po'», disse suor Speranza, avvicinandosi al letto della defunta e togliendo le lenzuola.

Nella mano destra, Antonia stringeva l'estratto conto.

«L'aiuto», si offrì il dottore.

La prima cosa che fece fu di togliere il foglietto dalle dita della donna.

Non aveva curiosità particolari. Non l'avrebbe sbirciato se non gli fosse scivolato di mano, andando a planare sul pavimento e offrendosi a una, seppur involontaria, lettura.

A quel punto la curiosità reclamò i suoi diritti. Perché sulle prime il Fastelli credette di aver visto male. Allora, senza ritegno, si portò l'estratto conto a due dita dal naso e compitò in silenzio il numero degli zeri.

Aveva visto bene anche prima!

«Però!» gli scappò detto.

La superiora aveva appena preso dall'armadio il vestito da mettere all'Antonia.

«Cosa c'è?» chiese.

«Guardi un po' anche lei», disse il dottore.

36.

Belli freschi come due sposini, la mattina seguente, alle nove spaccate, il bidello Cervicati Antonio e la moglie Augusta si presentarono al cancello dell'ospizio reggendo l'una un mazzo di margherite giganti, l'altro un pacchetto di biscotti.

Al solito fece gli onori di casa suor Aspasia che, senza muoversi dalla sedia, li invitò ad accomodarsi nel salottino, dopodiché prese a schiacciare una serie di bottoni: campanelli che squillavano ai vari piani, avvisando la superiora che di sotto c'era bisogno di lei.

L'attesa dei due furbetti durò quasi mezz'ora: suor Speranza era impegnata nel tour delle iniezioni e scese solo dopo aver infilzato l'ultimo ospite. Prima di entrare nel salottino, dove suor Aspasia l'aveva avvisata che c'erano due visitatori in attesa, chiamò al telefono un certo Galdino Ricordi, operaio tessile in pensione dal multiforme ingegno che si prestava volentieri e gratuitamente a fare piccoli lavori di manutenzione: facendo il giro la superiora quella mattina aveva individuato due rubinetti che perdevano, guarnizioni da cambiare.

Alla fine era andata dai due. Già un po' maldisposta, in verità, poiché quello non era orario di visita. Ancor meno benevola quando il bidello, prima di declinare le proprie generalità, si presentò come fratello dell'Ernesto: mossa astuta, a parer suo, per farsi inquadrare subito dalla suora, che non lo aveva mai visto prima di allora.

«Capisco», disse suor Speranza.

Poi: «Siete qui per la signora Antonia?».

«Sì, madre.»

Le prime parole dell'Augusta uscirono dalle sue labbra come se in bocca avesse un fonte d'acqua di montagna. Ottima da bere, ideale per lavarsi la faccia al mattino, come suor Speranza aveva fatto centinaia di volte, e svegliarsi del tutto.

Infatti la superiora stava per dire ai due di seguirla, quando un dubbio le nacque in testa con la velocità di un fungo.

«Come avete fatto a saperlo?» chiese.

Prima di tutto lei non aveva ancora avvisato il signor prevosto della morte dell'Antonia, quindi il sacrista non aveva suonato l'agonia. Nemmeno era riuscita, pur avendo tentato, a mettersi in contatto con l'Ernesto, cui aveva telefonato alle sette e alle sette e un quarto, senza ottenere risposta: una stranezza che si spiegava con il fatto, ignoto alla superiora, che l'Ernesto aveva accettato di fare un po' di straordinario e sarebbe quindi tornato a casa più tardi del solito.

Come avevano fatto quindi quei due a sapere della dipartita della zia Antonia?

Alle orecchie del bidello non si sa. Ma a quelle dell'Augusta la domanda della superiora assunse un significato inquisitorio, un tono di illecita curiosità. Era ora di scendere in campo.

«Sapere cosa, suora?»

Già non più madre. Prosciugato il cristallino torrente di montagna, solo sassi imbiancati dal sole.

Non aveva bisogno di altre prove, suor Speranza: quei due non sapevano niente, altri motivi li avevano spinti lì. Non riuscì a frenarsi, fece diagnosi.

Lei, una faina di quelle che in una notte sono capaci di far fuori un intero pollaio.

Lui, invece, con quell'aria da ebete a rimorchio della

moglie, non aveva paragoni nel regno animale: anche la più umile tra le bestie del creato aveva maggiore dignità.

In ogni caso, avevano trovato pane per i loro denti.

Mise su una faccia d'angelo: «I fiori sono per la signora Antonia?» chiese deviando il discorso.

«No, madre», di nuovo l'Augusta.

Erano per l'altare della cappelletta.

Suor Speranza afferrò il mazzo di margheritone poggiandolo immediatamente sul tavolo del salottino.

«Adesso possiamo salire dalla zia Antonia?» solfeggiò l'Augusta.

«È meglio scendere», consigliò la superiora.

L'Augusta fiutò altra aria di inganno.

«Cosa vuol dire?» chiese.

Ma suor Speranza si astenne dal dare spiegazioni. Con un gesto dell'indice invitò la coppia a seguirla e l'accompagnò nella piccola sala seminterrata dove venivano composti i corpi degli ospiti defunti.

37.

«Arrivederci, suora.»

Degradata un'altra volta.

Suor Speranza non li aveva lasciati soli, era stata alle loro spalle per l'intero quarto d'ora durante il quale bidello e signora avevano recitato la manfrina del dispiacere. Un segno di croce molle davanti al corpo della defunta, nemmeno una preghiera bisbigliata. Quattro lacrime dell'Augusta, ma di rabbia, di dispetto per la morte della zia Antonia che adesso complicava tutto, e anche per la stupidità di suo marito che l'aveva tenuta all'oscuro della faccenda.

Poi, passato il quarto d'ora, un colpo di gomito dell'Augusta al marito: il tempo onesto dell'omaggio alla defunta era scaduto, era ora di andare.

Quindi: «Arrivederci, suora».

Suor Speranza rispose con un cenno del capo e guardò i due allontanarsi. Raccolto il pacchetto di biscotti che avevano dimenticato su una panca della cappelletta, tornò nell'atrio e poco dopo ritelefonò all'Ernesto che questa volta, finalmente, rispose.

38.

Gli occhi rossi, il viso marezzato, vestito del suo abito migliore, nero, con tanto di cravatta, nera pure quella, come se dovesse già partecipare al funerale, l'Ernesto giunse all'ospizio attorno alle dieci e trenta. Con un gesto singolarmente audace suor Speranza lo abbracciò sulla soglia della casa.

«Si faccia coraggio», disse.

L'Ernesto si sciolse in nuove lacrime.

Poi lo accompagnò di sotto.

«Si prenda tutto il tempo che vuole», gli bisbigliò all'orecchio. «Però prima di andar via passi da me.»

Pratica, suor Speranza. D'altronde non si sfuggiva alla realtà della vita: qualcuno doveva pur farsi carico del mangiare, delle iniezioni, dei soldi per pagare i conti e dei funerali.

Pratica, ma con tatto. Quando l'Ernesto risalì dalla sala seminterrata, la superiora se lo portò nel salottino per affrontare la questione. Quel parlare di funerale strappò all'uomo qualche altro singhiozzo, ma questo non gli impedì di affermare che avrebbe pensato lui a tutto: appena sceso in paese, avrebbe preso contatto con l'impresa di pompe funebri. E alle spese avrebbe fatto fronte personalmente: «Perché non credo proprio che la zia abbia lasciato risparmi sufficienti per un funerale dignitoso».

"Ecco", fece tra sé la superiora. Era giusto lì che voleva portarlo. Il momento non era forse il migliore, ma non si poteva attendere oltre.

«A questo proposito», disse, «credo che lei debba essere informato di una cosa.»

Suor Speranza la prese un po' alla larga. Cominciò a raccontare della colica che l'aveva costretta a chiamare il dottor Fastelli, della finestra illuminata che aveva ingannato il dottore eccetera eccetera, fino ad arrivare al momento in cui proprio lui, il dottore, aveva visto, senza volere, per caso, l'estratto conto che la zia teneva tra le dita.

L'espressione dell'Ernesto, da scoiattolo che stringe una nocciola tra le zampe, strappò un breve sorriso alla superiora.

«E... allora?» chiese.

«Be'», rispose suor Speranza, «dia un'occhiata anche lei.»

Dopo aver frugato nell'invisibile tasca che aveva sotto la veste, estrasse il foglio con l'intestazione della Banca del Credito Orobico e glielo tese.

Come se l'immaginaria nocciola gli fosse andata di traverso, l'Ernesto deglutì un paio di volte.

Compitò uno per uno gli zeri. Poi sollevò gli occhi verso suor Speranza.

«È impossibile!» disse.

Anche alla superiora pareva impossibile.

«Pure a me sembra incredibile», confermò. «Eppure lì è scritto così.»

Il suo compito finiva lì, aggiunse suor Speranza.

L'Ernesto la guardò senza parlare, rughe sulla fronte.

39.

«L'avvocato.»

Il bidello e la moglie erano scesi dall'ospizio senza fare neanche mezza parola. Avevano attraversato il paese a testa bassa, come se camminassero contro vento, lei davanti e lui dietro. Una volta in casa, l'Augusta aveva rotto il silenzio.

«L'avvocato», e le sembrò di aver detto tutto.

Non così parve al bidello Cervicati Antonio, che infatti ripeté la parola ma con un punto interrogativo.

«L'avvocato?»

«L'avvocato», risuonò per la terza volta nelle stanze di casa Cervicati, a conferma che non c'era altra strada.

L'avvocato era l'unico che poteva dare buoni consigli su come procedere.

«Al punto in cui siamo», affermò l'Augusta, «non abbiamo altra scelta.»

L'avvocato, gli avvocati... il bidello non ci aveva mai avuto a che fare, ma era una categoria di persone dalla quale preferiva stare lontano. La sola idea di entrare nello studio di un legale gli provocava un groppo allo stomaco; con la fantasia piombava in un labirinto dal quale non sarebbe mai più riuscito a venire fuori.

«Non sarà meglio aspettare e vedere se la zia Antonia ha per caso lasciato un testamento?» buttò lì.

L'Augusta s'era avviata verso la cucina. Si fermò a metà corridoio. Si girò verso il marito.

40.

Polenta e uccelli scappati. Uno dei piatti prediletti del dottor Aloisio Fastelli. E, per celestiale combinazione, uno dei piatti che meglio riuscivano alla donna di servizio, la Orzola, come la chiamavano sin dal giorno del battesimo storpiandone il nome che in realtà era Orsola.

Spazzolata con gusto un'abbondante porzione, il Fastelli stava facendo scarpetta col pane, perché così gli piaceva rendere onore a quel piatto, quando il telefono squillò.

«Sono la suora.»

Suor Speranza naturalmente.

«Quanto tempo!» celiò il Fastelli.

Il buon umore del dottore contagiò la superiora.

«Le conviene stabilirsi qui», disse, «abbiamo giusto una camera libera.»

«Mi consideri prenotato», ribatté il Fastelli. «Cos'è successo?»

«Niente.»

«Niente?»

Niente, spiegò la superiora, che lo riguardasse come medico. Però aveva comunque necessità di parlargli. E quanto prima.

Il Fastelli fiutò il motivo: «Sempre quella faccenda?».

Sempre, ancora quella, confermò suor Speranza.

«Quando possiamo vederci?» chiese poi.

Il Fastelli calcolò. Doveva ancora bere il caffè, poi mezz'oretta per fare il chilo.

«Fra un'oretta le va bene?» propose.
«Benone», approvò la superiora. «A dopo.»
Un'ora più tardi nell'ospizio regnava un confortevole sonnifero silenzio: gli ospiti erano tutti nelle loro camere a godersi il sonnellino postprandiale. Entrando, il Fastelli sbadigliò e, dopo averla salutata, disse a suor Aspasia che aveva un appuntamento con la superiora.
«L'aspetta di sopra, nel suo appartamento.»
Il Fastelli sorrise. Lo conosceva, quell'appartamento: un quartierino di due stanze, una camera da letto e una seconda che faceva da studio. La superiora ci si ricoverava di notte per dormire e in quell'ora di tranquillità per tirare il fiato e badare un po' ai conti dell'amministrazione.
Prima di entrare in argomento, la superiora ringraziò il dottore per la sua disponibilità, gli chiese se voleva un caffè o un cognacchino: aveva giusto lì nell'armadio una bottiglia di Martell, regalo natalizio dei parenti di un'ospite.
«Come accettato», rispose il dottore. «Ma preferirei che mi dicesse cos'è successo.»
Per una volta suor Speranza aveva le maniche tirate fino ai polsi.
«Visto che ha fatto trentuno faccia trentadue», esordì.
«Mi ha fatto venir qui per scherzare?» chiese il Fastelli.
«No.»
«Con i numeri non sono mai andato troppo d'accordo.»
«Vorrà dire che sarò più chiara.»
«Bene», approvò il dottore.
«Torni in banca dal direttore», sparò suor Speranza.
«Ah no, eh!» reagì prontamente il Fastelli.
«Ma è necessario.»
«Non lo metto in dubbio», acconsentì il dottore.
Ma lui la sua parte l'aveva già fatta. E se non sbagliava, la superiora gli aveva garantito che non l'avrebbe più messo di mezzo in quella storia.
«Ha ragione», ammise suor Speranza.

Ma lui solo poteva aiutarla, da lui dipendeva mettere la parola fine su tutta la faccenda.

«Da me? E perché?» chiese il Fastelli.

«Vede», spiegò suor Speranza aprendo un cassetto della scrivania e prendendo il famoso estratto conto.

Era necessario verificare se realmente l'Antonia aveva tutti quei soldi o non si trattava di un errore.

«Cinquantotto milioni non sono mica uno scherzo, ne converrà.»

«Ne convengo, ne convengo eccome», fu d'accordo il dottore. «E vorrei averli sul mio di conto corrente. Beato chi se li piglia, cosa vuole che le dica? In ogni caso mi sfugge il motivo per cui dovrei ritornare dal direttore.»

«I motivi sono gli stessi dell'altra volta», disse suor Speranza.

«Ma...»

«L'Ernesto non vuole impicciarsi», proseguì a valanga la superiora, «non vuole occuparsi di questa storia. Devo dire che non so dargli torto, soprattutto adesso che la zia è morta correrebbe il rischio di sembrare un avvoltoio... Eh sì, lei potrebbe obiettare: "Perché non ci va lei dal direttore?". Ci ho pensato, ma cosa si potrebbe pensare di una suora d'ospizio che va in banca a verificare la consistenza del conto di una donna che è stata sua ospite e per di più è appena morta?»

Il Fastelli non se n'era accorto, ma durante la sua tirata la superiora s'era arrotolata le maniche.

«Dai», lo blandì la suora. «Poi è finita.»

«Anche l'altra volta era finita», obiettò il dottore.

«Ci va subito, così si toglie, e ci toglie, il pensiero.»

«Ma come, subito?»

Un'espressione di pura innocenza comparve sul viso della superiora.

«Fra mezz'ora la banca riapre.»

41.

Suor Speranza l'aveva sparata. La Banca del Credito Orobico riapriva alle tre meno dieci.

Erano le due.

Cosa fare?

Ormai aveva promesso, rifletté il Fastelli, non poteva tirarsi indietro.

Passeggiare.

Passeggiò.

Dapprima sul lungolago, poi dentro il paese, su e giù per le contrade. Fu allo sbocco di via Porta che, da lontano, vide il direttore della banca uscire dalla Trattoria del Crachen. Erano le due e trenta, ancora venti minuti di attesa. Il Sansicario, dopo essersi guardato intorno per un momento, imboccò il lungolago. Passeggiatina digestiva, rifletté il Fastelli. Il quale invece, anziché riprendere il su e giù per le contrade, si pose di sentinella davanti all'ingresso della banca. Voleva, doveva essere il primo cliente del pomeriggio, altro tempo da perdere non ne aveva.

Il primo, l'unico. Alle tre, però. La banca aveva aperto, puntualissima, all'orario denunciato dall'avviso. Il direttore, poteva permetterselo, arrivò alle tre.

Al vederlo il Sansicario si fermò. Ritto come un palo di vite, le mani dietro la schiena, algido.

«Buongiorno», salutò.

Tra i due c'era un metro d'aria che si impregnò repentinamente di odore d'aglio e di fritto, quest'ultimo da attribuire alla scarsa aerazione della Trattoria del Crachen.

Il Fastelli imboccò subito l'autostrada.

«Ho bisogno di lei. Sempre per quella storia», confessò.

Il direttore increspò appena la fronte.

«Ma con una richiesta diversa», aggiunse il dottore.

Il Sansicario chiuse per un istante gli occhi. Non fece parola. Inspirò. Chissà se avvertiva anche lui gli odori che si portava in giro.

«Il problema è che, pur non volendo, abbiamo preso visione di quell'estratto conto», spiegò il Fastelli.

«Incredibile!» aggiunse.

Il direttore fece un gesto del capo come se approvasse. Poi finalmente parlò.

«E vuole continuare a parlarne qui?» chiese.

Qui, lì, là, dovunque, bastava che se ne parlasse e si arrivasse alla fine di quella menata. Il Fastelli tenne per sé il pensiero, anche perché il direttore: «Si accomodi», disse, «prego».

Nel suo ufficio il Sansicario prese il comando delle operazioni.

«Chi?» chiese non appena si fu seduto.

Chi aveva preso visione dell'estratto conto?

Il Fastelli fece i nomi.

Il direttore non commentò. Sospirò aglio. Poi formulò una seconda domanda.

«Lei ha detto: "Incredibile!". Perché?»

Era così difficile da capire?

«Ma perché cinquantotto milioni per una donna che aveva la sola pensione sociale è una cifra che, lo ammetterà, ha dell'incredibile», spiegò il dottore.

Il Sansicario digerì la risposta, poi fece un gesto con la mano, dita lunghe, unghie curatissime.

«Facendo questo lavoro, ho imparato a non meravigliarmi di niente. Non mi stupirei se quella cifra fosse esatta.»

Il Fastelli saltò sul treno di quelle parole: «Be', è appunto per quello che sono qui», rilanciò. «Incaricato, beninteso. Incaricato dalla superiora e dal nipote Ernesto di verificare... Cioè, per chiedere a lei, sempre che sia disposto ad aiutarci, di verificare...»

«Lei vuole che faccia un secondo strappo alle regole, insomma», lo interruppe il Sansicario.

«L'ultimo», ribatté il Fastelli. «Glielo prometto.»

Un sorriso quasi triste comparve sul volto del direttore.

«Quanto a questo, staremo a vedere», commentò, chiamando immediatamente un impiegato e chiedendo di fornirgli il saldo attuale del conto della signora Cervicati Antonia.

Ci vollero cinque minuti prima che l'impiegato tornasse con il dato richiesto.

Cinque minuti di rara durata, durante i quali il Fastelli osservò un silenzio da convento mentre il Sansicario si dilettò a scorrere una copia del «Sole 24 Ore».

All'ingresso dell'impiegato, il direttore allungò il braccio verso di lui senza guardarlo, prese il foglietto della verità e lo pose sul piano della scrivania, spianandolo per bene. Poi guardò il Fastelli.

«Allora?» chiese questi.

«Guardi lei», rispose il direttore allungandogli il saldo del conto.

Al Fastelli bastò un'occhiata: «Ma queste sono solo cinquecentottantamila lire!» esclamò.

«Proprio», confermò il direttore.

«E come si spiega dunque che sull'altro estratto c'erano cinquantotto milioni? Li avessi visti solo io, ma sia suor Speranza sia l'Ernesto...»

«Potrebbe esserci stato un errore», interloquì il Sansicario, forse un pelino nervoso.

«Errore?»

Errore di battitura, un attimo di distrazione.

«Due zeri in più e il gioco è fatto. Dico gioco tanto per

dire, poiché comprendo bene che sono errori che non dovrebbero capitare. Tuttavia a volte succede...»

Buona o cattiva che fosse, al Fastelli la spiegazione del direttore andava bene. Non era lì per inquisire o accusare, solo per accertare un fatto che tra l'altro confermava ciò che lui, l'Ernesto e suor Speranza avevano sempre sospettato: l'Antonia non poteva avere un conto corrente così pingue.

Era ora, dunque, di mettere la parola fine alla questione. The end...

«Quindi sono cinquecentottantamila lire e non cinquantotto milioni», ribadì a definitiva conferma.

«Se non si fida del mio impiegato posso controllare di persona», fu la risposta del Sansicario.

«Ma no!» lo fermò il dottore. «Ci mancherebbe altro.»

42.

Il funerale della zia Antonia si svolse di mattina.

Al corteo quattro gatti: la superiora, l'Ernesto, il bidello Antonio con la moglie (a debita distanza rispettivamente dal fratello e dal cognato, con cui non scambiarono nemmeno un'occhiata), il prevosto officiante. Poi un artrosico gruppo di pensionati e pensionate, per i quali un funerale era pur sempre un avvenimento, chiunque fosse il defunto.

A cerimonia finita, sembrò che volesse mettersi a piovere. Questo spinse i partecipanti a una specie di fuga: pure gli artrosici esibirono un'insospettata agilità, del resto nessuno di loro era munito di ombrello.

Penultimo a uscire di scena fu il prevosto che, prima di imboccare le scale per tornare in canonica, scambiò due parole con l'Ernesto: non si affliggesse troppo, raccomandò, perché la zia aveva avuto una vita piena, era morta serenamente e adesso stava in pace. E poi, quando se la fosse sentita, passasse da lui in canonica poiché aveva necessità di parlargli.

Anche il sacerdote infatti era stato colto di sorpresa dalla fine dell'Antonia. Tuttavia, da quell'uomo cosciente che era, sentiva di essere legato alla promessa fatta al bidello. Se l'Antonia avrebbe potuto essere il tramite per riappacificare i due fratelli, ora sentiva che lui poteva sostituirla. Doveva, anzi, perché nelle parole del bidello il prevosto aveva intuito i segni di una buona volontà che non andava dispersa. E l'Ernesto, buon cristiano e persona di cuore, non si sarebbe sottratto al richiamo del perdono e della concordia.

Infatti.

Due giorni più tardi l'Ernesto, dopo aver ascoltato le pacate parole e i consigli del sacerdote, acconsentì.

Disse che ormai, morta la zia, gli sembrava giunto il momento di dimenticare i dissapori che avevano allontanato loro due fratelli.

«Anche perché», disse arrossendo un poco, «ho un piccolo problema che non saprei risolvere da solo.»

«Quale sarebbe?» chiese il prevosto notandone l'imbarazzo.

Il conto dell'impresa di pompe funebri.

Quel poco che zia Antonia aveva lasciato bastava a coprire all'incirca la metà della spesa per le esequie. Lui poteva metterci qualcosa, ma l'intera cifra, per le sue finanze, risultava un esborso troppo oneroso.

«Sono solo un semplice operaio», disse l'Ernesto, «di quello che guadagno alla fine del mese mi resta ben poco.»

«Non ti devi vergognare», lo consolò il prevosto, «a chi vive e lavora con onestà Nostro Signore offre sempre una mano.»

In questo caso eccolo l'aiuto dal cielo: suo fratello.

«Se le sue intenzioni sono sincere», aggiunse il sacerdote, «e non ho motivo per dubitarne, ti verrà incontro.»

«Lei dice, padre?»

«Abbi fede», lo esortò il prevosto.

43.

L'avvocato Aureliano Spendace era nato in Argentina ma era tornato in Italia con la madre dopo la morte del genitore, avvenuta in quelle lande. Di argentino aveva quel nome e la passione per le bistecche al sangue. In paese l'avevano soprannominato «copertone» poiché prima di buttarsi in una causa, quale che fosse, esperiva sempre tentativi per mettere d'accordo le parti avverse ed evitare le aule dei tribunali.

Ricevette il bidello Antonio e la moglie tre giorni dopo il funerale della zia Antonia. Lasciò che i due raccontassero la rava e la fava, poi disse che, non essendoci notizia di testamento alcuno, la situazione si prospettava delicata: bisognava muoversi con cautela, evitare gli spigoli, non pensare subito a un'azione legale, un passo che avrebbe solo isterizzato la faccenda.

Che lo lasciassero riflettere e scegliere la via migliore.

«Non è escluso», concluse, «che mi prenda la libertà di convocare qui da me quel vostro parente, il signor Ernesto. È un atto informale, beninteso, ma talvolta un colloquio franco, riservato, senza testimoni, risolve molto di più che un dibattimento in un'aula di pretura. Lasciatemi fare, vi farò sapere.»

L'Antonio e l'Augusta uscirono dallo studio dell'avvocato Spendace come se avessero appena bevuto un rum al mandarino: confortati.

«Se il copertone riesce a convincere l'Ernesto, ci evita

un sacco di menate», commentò l'Antonio sulla strada verso casa.

Menate e parcelle da saldare, poiché quello era il suo pensiero fisso.

«Aspettiamo e vediamo», fu tutto ciò che disse l'Augusta.

Ma che da aspettare, per vedere, ci fosse la sola notte seguente, nemmeno lei l'avrebbe immaginato.

Perché la mattina successiva, verso le nove, l'Ernesto osò una telefonata a casa di suo fratello per chiedere un incontro.

Bravo avvocato, che non aveva perso tempo!

L'Augusta gongolò, con la cornetta in mano. L'aveva detto lei che l'avvocato era la soluzione ideale.

«Ma certo», rispose, «quando vuoi. Anche oggi stesso.»

Riappeso il ricevitore, lo riprese immediatamente per avvisare il marito. C'era un solo telefono presso le scuole medie e stava nell'ufficio del direttore. La consegna, più volte ripetuta da suo marito, era che le chiamate dovevano avere il crisma dell'urgenza.

E quella cos'era?

Chiamò.

L'Antonio rispose con voce atona, come se avesse le tonsille gonfie. L'Augusta non si perse in giri di parole, telegrafica.

«Gli ho detto di venire questo pomeriggio, verso le cinque», comunicò alla fine.

Poi, raccomandando calma, concluse la conversazione.

44.

Una *camamèla* per entrambi, che fa tanto bene. Rilassa, passa giù, la *nèta fò*.

Da mezzogiorno alle quattro l'Augusta aveva fatto pipì già tre volte.

Il bidello invece non aveva detto nemmeno mezza parola.

Così verso le quattro e mezza l'Augusta, alla quale scappava un'altra volta, glielo chiese.

«Te la senti di affrontare tuo fratello? Sei pronto?»

Il bidello propose una mimica stupita, quasi offesa.

«Ma che domande sono?» fece.

Mica si dovevano battere in duello!

«Sentiamo, allora, spiritoso!»

Che richiesta gli avrebbe fatto?

Senza parole, l'Antonio sgranò gli occhi.

«Vedi che non sei pronto?» notò l'Antonia.

«Tu invece?» rimbeccò il marito piccato di quel tanto.

«Prima pipì», disse l'Augusta.

Scroscio, sciacquone che lo sentiva tutto il condominio.

«Metà», sparò l'Augusta ritornata in sala.

«Metà?» echeggiò l'Antonio.

Metà, non un centesimo di meno.

45.

Nerovestito e puntuale come la morte, l'Ernesto si presentò a casa del fratello alle cinque spaccate. Di primo acchito l'imbarazzo tra i due fu evidente, spesso come margarina.

L'Augusta se l'aspettava: non poteva essere altrimenti, dopo tutto il tempo durante il quale i due s'erano ignorati. Così s'era preparata a far da cerimoniera: li fece accomodare in salotto, offrì tè, caffè, un liquorino. L'Ernesto accettò un bicchiere d'acqua, l'Antonio optò per un dito di Cynar, allungato.

Seduti uno di fronte all'altro, come predisposto dall'Augusta, i due furono costretti a guardarsi in faccia. L'Ernesto aveva la stessa espressione che aveva tenuto davanti al corpo della zia Antonia e che l'Augusta aveva notato al funerale: un sorriso triste, accentuato dal pallore del viso. Quasi paonazzo, invece, suo marito. E sì che lì in salotto non faceva caldo. Né l'uno né l'altro si decidevano ad avviare il discorso. Si prese lei la briga di sbloccare l'incontro.

«Siamo qui per parlare o per guardarci negli occhi?» buttò lì ridendo. Non le sembrava male come battuta.

«Per parlare», esordì l'Ernesto.

L'Antonio finì il Cynar.

«E allora parliamo», disse poi.

L'Ernesto, gli occhi bassi, sospirò: «Vi devo confessare che se non avessi avuto un colloquio con il signor prevosto non mi sarei mai deciso a venire qui».

Il bidello lanciò un'occhiata alla moglie.
Cosa c'entrava il prevosto?
L'Augusta gli rispose con uno sguardo di stizza. Che stesse buono e zitto!
Cosa ci voleva a capire che probabilmente l'avvocato Spendace, conoscendo l'Ernesto quale assiduo frequentatore della canonica e della sagrestia, aveva chiesto al sacerdote di sondare il terreno, di prepararlo alla richiesta?
Tuttavia, rifletté la donna, era sempre meglio verificare.
«Il signor prevosto?» chiese tutta miele.
«È stato lui a dirmi quello che è successo, a raccontarmi delle richieste dell'Antonio e infine a convincermi a fare questo passo.»
L'Augusta era seduta tra i due, su una sedia, ma appena in punta, come un gatto pronto a balzare sulla preda. All'uscita dell'Ernesto si rilassò, appoggiandosi allo schienale: ancora una volta ci aveva visto giusto, bravo avvocato.
«E che intenzioni hai?» chiese subito, inutile menare il can per l'aia.
«Le vostre intenzioni sono le mie», rispose l'Ernesto pastorale.
Al bidello quella risposta sembrò oscura.
Ma visto che la moglie rispose: «Bene», pensò che forse gli era sfuggito qualche dettaglio.
«Era ora», disse quindi. Qualcosa doveva pur dire.
«Facciamola finita», predicò ancora l'Ernesto. «Questa storia dura da troppo tempo. Torniamo a essere buoni fratelli nel nome della povera zia Antonia.»
"Povera mica tanto", pensò l'Augusta, e nel tempo del pensiero il marito le rubò la battuta.
«Facciamo metà per uno, allora?»
Un po' brusco. Ma efficace.
«Siete gentili», rispose l'Ernesto. «Ma è fin troppo.»
Fu l'Augusta, adesso, a non capire bene il senso delle parole del cognato.
Era scemo o ci faceva?

«Perché troppo?» chiese.

Loro due avevano pensato che fosse giusto così.

«Capisco», rispose l'Ernesto. «Ma non è necessario.»

«Vedete», proseguì e, mentre si spiegava, estrasse dalla tasca della giacca il conto dell'impresa di pompe funebri. Il costo totale delle esequie, compresa la piccola lapide completa di foto eccetera, era di un milione e centottantamila lire.

«Io ne metto trecento, voi altre trecento e con le cinquecentottantamila lire che la zia ha lasciato sul conto corrente il debito è saldato e non ne parliamo più.»

L'Ernesto aveva esposto i conti tenendo gli occhi sul foglio che aveva tra le mani.

Quando tornò a guardare moglie e marito, si trovò di fronte due statue di sale. Da paonazzo suo fratello era diventato smorto, sua cognata grigia. Nell'aria era comparso un olezzo di sudore acido. Cos'era successo?

«C'è qualcosa che non va?» chiese.

Il bidello fece per parlare.

«Taci!» ordinò l'Augusta.

Taci. Di guai ne aveva combinati abbastanza. Se erano arrivati a quel punto era solo colpa sua, se suo fratello si permetteva di prenderli in giro il merito era tutto, completamente suo...

«Ci vuoi prendere per il culo, eh?» sparò rivolta al cognato.

«Io...» balbettò l'Ernesto spiazzato.

«Tu ci vuoi prendere per il culo», affermò la donna. «Ma hai sbagliato indirizzo!»

«Davvero, io...» tentò l'Ernesto.

«Taci!» ordinò anche a lui.

Poi, rivolta al marito: «Va' a prendere quella cosa!».

46.

Ormai era buio. Nel salotto la temperatura sembrava, ed era realmente, scesa di un paio di gradi: il calorifero del locale veniva tenuto rigorosamente chiuso, emanava calore solo sotto Natale e qualche volta a Pasqua.

Tenendo in mano la copia dell'estratto conto della zia Antonia di cui il bidello e sua moglie erano in possesso, l'Ernesto restò a capo chino per un paio di minuti.

Sentiva su di sé il pesante silenzio che c'era nell'aria, gli stavano diventando freddi i piedi e cercava disperatamente le parole giuste per spiegare ai due come in realtà stavano le cose.

Esordì sbagliando mossa.

«Come avete fatto ad averlo?»

Suo fratello era tornato a farsi di fuoco.

«Colpito e affondato, eh?» gridò esaltato. Di certo l'Ernesto non se l'aspettava che loro fossero al corrente di quel ben di Dio.

«Un errore», aggiunse l'Antonio.

«Un benedetto errore», affondò l'Augusta, le parole come unghiate.

L'Ernesto posò l'estratto conto sul tavolino che stava tra lui e suo fratello.

«Quale errore?»

Nulla impediva di dirglielo, adesso che le carte erano scoperte, ragionò il bidello.

«Del postino, della posta, di chi la smista, cosa ne so...» spiegò.

Sta di fatto che a lui la corrispondenza quasi mai la portavano a casa. La ritirava di persona quando andava in posta a prendere quella della scuola. Probabilmente l'impiegato o chi per esso doveva aver letto Cervicati Antonio anziché Antonia, e così una bella mattina, tra il «Bollettino Salesiano», la bolletta della luce e la pubblicità di un olio ligure, s'era trovato tra le mani quella busta.

«Sono anch'io cliente del Credito Orobico», proseguì il bidello.

Aveva aperto la busta convinto che fosse il suo estratto conto.

«Poi, quando ho visto quel po' po' di milioni, ho capito. Ho guardato l'indirizzo e mi è venuto il sospetto che qualcuno aveva interesse a non dire niente, a fingere...»

L'Ernesto, i piedi ormai completamente ghiacciati, scosse la testa.

«Ti sbagli», mormorò.

«Ah sì?» interloquì l'Augusta, con rabbia e ironia.

«Vi sbagliate», corresse l'Ernesto.

Padronissimi di non credergli, ma lì, e con un cenno del capo indicò il conto corrente sul tavolino, c'erano due errori.

«Ma guarda!» insisté la cognata.

Non solo quello che era stato commesso in posta ma un secondo, più grave, commesso dalla banca.

Un lampo!

Il bidello cominciava a intravedere la verità.

«Sarebbe?» chiese.

«Due zeri di troppo», disse l'Ernesto.

Due stupidi zeri che avevano trasformato le cinquecentottantamila lire della zia Antonia in cinquantotto milioni.

Colpito in pieno, il bidello Cervicati Antonio stava affondando nella poltrona. L'Augusta lo avrebbe preso a sberle. Si poteva essere più stupidi, più coglioni di così?

«Tu saresti disposto a credere a questa balla?» chiese rivolta al marito.

Poi, senza attendere repliche, guardò l'Ernesto.
«Tu invece pretendi che ti crediamo? Devi essere convinto che siamo scemi fin dove siamo caldi!»
L'Ernesto sorrise, adesso anche le mani stavano cominciando a raffreddarsi.
«Non dovete credere a me», disse. Sembrava un prete all'attacco dell'omelia.
Lui, affermò, non si era mai occupato degli interessi della zia Antonia.
«Mai quand'era in vita, e men che meno dopo la sua scomparsa. È stato il dottor Fastelli che si è incaricato di fare visita al direttore del Credito Orobico per fare luce sulla faccenda. Io ne sono rimasto sempre fuori. Quindi è a lui che vi dovete rivolgere per avere conferma di quello che vi ho detto.»
L'Augusta cominciò a tentennare: se c'erano di mezzo il Fastelli e il Sansicario, c'era anche il caso che quelle dell'Ernesto non fossero tutte balle.
Fine dell'illusione quindi?
Forse.
Ma non era detta l'ultima parola. Bisognava riflettere.
Si alzò dalla sedia, aveva bisogno di stare sola, la vista di quella lagna del cognato e di quella pelle morta del marito non l'aiutavano certo.
«Vado in cucina», disse, e nessuno le rispose.
Uscì dal salotto mentre l'Ernesto riprendeva a parlare, dicendo che il signor prevosto l'aveva messo al corrente, gli aveva parlato delle intenzioni del fratello di riappacificarsi con la zia.
«È per questo che sono venuto qui oggi, per proporti una riconciliazione tra noi due, che lassù farà sicuramente felice zia Antonia. E scusami se ho approfittato dell'occasione per chiederti un aiuto, un contributo per il funerale. Nemmeno io navigo nell'oro. Tuttavia non sei obbligato, se non vuoi.»
Un rumore di pentole sbattute venne dalla cucina, se-

gno che l'Augusta si sentiva vinta, stretta nell'angolo. Fosse stata ancora in salotto, avrebbe impedito a suo marito di dire ciò che disse: «Va bene, te li faccio avere».

«Adesso però», come pregasse, «va' via.»

47.

«Non me la sento», disse l'Augusta.

E l'Antonio ritirò la manina dal seno un po' cadente della moglie.

Da quando s'erano sposati la musica, come la definiva il bidello, era sempre cominciata così, una toccatina alla tetta sinistra. Lei non s'era mai rifiutata, si girava offrendo la destra e poi tutto il resto.

Quella sera invece l'Augusta mise in pratica il suo ricatto: la musica, se voleva, suo marito se la suonasse da solo, magari pensando al culo basso della salernitana. Non a caso aveva scelto quella frase.

Non me la sento.

La meditava da tre giorni. Esattamente da quando, la sera dell'incontro con l'Ernesto, il marito l'aveva pronunciata rispondendo a una sua precisa richiesta: andare dal dottor Fastelli per domandare conferma delle cose che il cognato aveva raccontato.

Lui: «Non me la sento», aveva risposto.

Le pastiglie per la pressione non aveva ancora cominciato a prenderle, non le aveva manco ritirate dalla farmacia. Continuava a curarsi con l'aglio, il dottore se ne sarebbe accorto e avrebbe pensato che lo stava prendendo in giro, poco poco l'avrebbe mandato al diavolo, non avrebbe certo voluto perdere tempo con lui.

Era meglio non pensare più a quella faccenda, era andata così e pace amen! Si vede che era destino, anche perché, in fondo in fondo, l'Ernesto non era mai stato in grado di raccontare balle, neanche da bambino: un tontolotto che diceva sempre la verità, incapace di tenere un segreto... Non ce lo vedeva proprio, adesso, a strafognare per quattro soldi.

«Quattro soldi, eh?» aveva ribattuto l'Augusta.

Adesso, visto che suo marito se la faceva addosso al pensiero di dover affrontare il dottore da uomo a uomo, quelli diventavano quattro soldi!

«Va bene», aveva chiuso.

Vendetta, aveva pensato.

Aveva atteso tre giorni, facendo finta di niente, bella tranquilla come una sposina. Tanto sapeva che il momento sarebbe arrivato.

Infatti.

«Non me la sento.»

E chi aveva orecchie per intendere, intendesse.

Il bidello intese, immediatamente.

Anche l'Augusta, l'indomani, intese che suo marito si stava predisponendo all'azione. Per tre giorni infatti non consumò aglio, segno che si stava preparando a presentarsi davanti al Fastelli senza quel graveolente, invisibile orbitale.

Pastiglie, invece, di sicuro.

Pastiglie perché, quando trovò il coraggio di presentarsi al Fastelli, la pressione andava bene.

«Tutto in regola», disse il dottore dopo avergli dato anche un'ascoltatina al cuore.

«C'è altro?» chiese poi, vedendo che il bidello non dava segno di volersi rimettere la camicia.

«Mia moglie», bofonchiò l'Antonio.

«Ha bisogno anche lei?»

«In un certo senso...»

«Ma è qui in sala d'attesa?»

«No», rispose il bidello. «Però vuole che le chieda una cosa.»

«Avanti, allora», lo spinse il Fastelli avvertendo il solito crescendo di coloro che, impazienti, affollavano la sala.

Occhi bassi, il Cervicati entrò in argomento, cercando, senza riuscire, di essere conciso.

«Ecco», disse alla fine, «visto che venivo qui a misurare la pressione», mentì, «mia moglie mi ha chiesto di approfittarne e chiederle se le cose sono andate proprio così.»

Il Fastelli si sedette alla scrivania.

«Può vestirsi», disse.

Mentre il bidello, con snervante lentezza, si allacciava la camicia, confermò.

«Proprio così. Non che abbia l'abitudine di impicciarmi degli affari altrui, ma in questa faccenda mi ci sono trovato invischiato fino al collo. Quindi posso assicurarle che le sostanze di sua zia Antonia ammontavano a cinquecentottantamila lire. Parola non solo mia, ma anche del direttore della banca.»

Il Cervicati era finalmente arrivato all'ultimo bottone.

«Sa com'è, dottore», disse. «C'eravamo un po' illusi e invece siamo stati anche beffati.»

«Beffati?» chiese il Fastelli, pensando che quella storia non aveva mai fine. «E da chi?»

«Da nessuno in particolare», spiegò il bidello. «Dal destino, semmai...»

Perché, anziché ereditare qualcosa, con la morte della zia gli era toccato cacciare dei soldi.

Trecentomila lire per contribuire alle spese del funerale.

«Sborsate di nascosto da mia moglie, che se lo sa mi ammazza.»

E cinquantamila lire per una consulenza dell'avvocato.

«L'avvocato?» sbottò il Fastelli.

«Non è servito a niente», chiarì il bidello. «Però la consulenza me l'ha data e quindi ha voluto essere pagato.»

Il dottore allargò le braccia, non restava niente altro da dire.

«Pensi alla salute», disse ispirandosi a Totò.

La sera prima aveva visto, per l'ennesima volta, *La banda degli onesti.*

Epilogo

L'autunno si concluse rapidamente e seguì un inverno che sembrava non dovesse mai finire. Persino il marmo del monumento al poeta Tommaso Grossi pareva desiderare un po' di sole, di calore, di primavera.

Quando fu il momento, i merli, intenti alla fabbrica del primo nido, si insediarono sugli ippocastani della piazza. E proprio come loro, confermando ciò che di lui pensava suor Speranza, anche il dottor Aloisio Fastelli volle godersi quel tepore. Anziché leggere il giornale seduto in poltrona per tirare l'ora dell'ambulatorio, uscì verso le due di un pomeriggio che prometteva bene e andò a sedersi su una panchina della piazza, godendo il panorama, dalla montagna chiazzata qua e là di verde al lago non più grigio.

Silenzio quasi totale tutto intorno. Di chiacchiere avrebbe fatto il pieno di lì a un'oretta. Accarezzava la colorata fantasia di starsene sulla panchina per tutto il pomeriggio come un qualunque sfaccendato, quando una voce alle sue spalle lo richiamò alla realtà.

«Ecco il dottore!»

Chi andava a rompergli le balle, a rovinare l'incanto?

Non si girò.

Messaggio chiaro, via, lasciarlo in pace!

Ma l'importuno, aggirata la panchina, gli si parò davanti.

Il Sansicario.

Dentro di sé il Fastelli si scusò per averlo maltrattato. Non lo meritava. Anzi, era stato comprensivo, buono, generoso. E come spesso capita ai buoni di cuore, adesso forse pagava un dazio immeritato: da qualche tempo infatti il Fastelli leggeva notizie poco rassicuranti sulla Banca del Credito Orobico. Marcava male, insomma.

«Si riposa?» chiese il Sansicario.

«In attesa di andare al lavoro», rispose il Fastelli.

Il direttore approvò con un cenno del capo. Poi, sempre stando in piedi, le mani strette dietro la schiena, diede uno sguardo panoramico. Infine sospirò una folata d'aglio.

«Mi mancherà questo posto.»

«Se ne va?» chiese il dottore.

«Abbandono la nave prima che affondi del tutto», disse il direttore. «Avrà sentito, immagino...»

E mosse pollice e indice per confermare le meste notizie che riguardavano la banca di cui dirigeva la filiale.

Il Fastelli confermò senza parlare: sì, aveva intuito qualcosa.

«E dove va di bello?» chiese tanto per tenere viva la conversazione.

Lo sguardo del Sansicario si incupì: «Cernusco Lombardone», disse dolente. Come fossero il nome e il cognome di una disgrazia.

Gli occhi scuri del Sansicario si fissarono sulla panchina, sul posto vuoto a lato del Fastelli. Fu lì per aprire la bocca, per dire che quella destinazione non lo faceva assolutamente felice, che il regista del suo destino aveva deciso così, che alla sua età non poteva permettersi né di fare troppo lo schizzinoso né, men che meno, di restare senza lavoro. Per dire anche, forse, che in quel luogo dove aveva passato alcuni anni lasciava un pezzo di cuore.

Però non disse niente.

Il Fastelli a quel punto si alzò e allungò la mano.

«Allora arrivederci e buona fortuna.»

Il Sansicario ricambiò il gesto e si girò incamminandosi alla volta della banca. Ma, fatti due o tre passi, mentre il dottore si era seduto, tornò indietro.

Dapprima strinse le labbra a culo di gallina: «Io...».

Aloisio Fastelli aveva presente il modo di procedere del direttore quando parlava, a spizzichi e bocconi.

«Sì?» interloquì.

Il Sansicario levò gli occhi al cielo, poi li fissò sulla sponda opposta del lago: «Non so se la cosa le può interessare», disse.

«Ma cosa?» fece il Fastelli cercando di intercettarne lo sguardo.

«Posso sedere?» chiese il direttore sempre parlando con la sponda di là.

«Le panchine sono di tutti», sentenziò il Fastelli.

«Grazie», rispose il direttore.

Fissando adesso la cima della montagna che aveva di fronte, riprese a parlare: «Lei ricorda gli eventi dell'autunno scorso, la faccenda dell'estratto conto?».

Come poteva averla dimenticata?, buttò lì il Fastelli.

Anzi, da quella storia aveva appreso una lezione: controllare, come non aveva mai fatto in vita sua, gli estratti conto, visto che anche le banche potevano sbagliare.

«Come tutti, naturalmente», aggiunse poi, non volendo offendere nessuno.

«Certo, certo», approvò il direttore. «Ma quella volta non ci fu alcun errore. E ci tenevo a dirglielo.»

«Ma», sbottò il Fastelli, «se proprio lei mi aveva assicurato...»

«Certo, certo, io», lo interruppe il Sansicario. «Ma non ci fu errore.»

Né la prima volta né la seconda.

«Ne deriva che non le ho raccontato bugie e che la banca non ha sbagliato.»

«Mi perdoni», osò il dottore.

Ma non capiva. Con i numeri non si poteva imbroglia-

re. In quel caso erano cinquantotto milioni oppure cinquecentottantamila lire.
«Giusto o sbagliato?»
«Giusto», approvò il Sansicario. «Capisco quello che vuole dire. Ma deve tener conto del fatto che i soldi non sono... che ne so... non sono come questi ippocastani, fermi, impossibili da spostare. I soldi, se mi intende, sono mobili.»
«Varrebbe a dire?» chiese il Fastelli, talmente interessato che non sentiva più l'aglio del direttore.
«C'erano, allora, quei cinquantotto milioni?» insisté.
Il Sansicario dondolò il capo.
«C'erano. La prima volta.»
«Il primo estratto conto era corretto?»
«Diciamo che il saldo era corretto.»
«Va bene, non è che me ne intenda più di tanto, quindi...» cercò di semplificare il dottore.
Il Sansicario non glielo permise.
«C'è una bella differenza invece», affermò.
Tenendo conto che i soldi sono mobili.
«E che la signora Antonia Cervicati aveva un delegato.»
Già, il delegato.
Il quale, però, non aveva mai, ma proprio mai, approfittato della situazione, confermò il direttore.
Sino a quella mattina.
«La mattina in cui la donna morì, poche ore prima che lei venisse in banca da me per la seconda volta, si presentò allo sportello e operò un trasferimento di conto per la cifra di cinquantasette milioni e quattrocentoventimila lire, giocando sul tempo. Noi non sapevamo che la Cervicati fosse morta, altrimenti avremmo bloccato il conto.»
«Capisco», disse il Fastelli.
Ma gli sfuggiva un particolare: perché quella cifra e non tutto, già che c'era?
«Semplice», rispose il direttore. Anche se l'aveva capi-

to dopo, dopo aver dato un'occhiata, insospettito e curioso, ai movimenti di quel conto.

«Cinquantasette milioni e quattrocentoventimila lire», disse il direttore, «ci rifletta un momento.»

«Direttore», confessò il Fastelli, «gliel'ho già detto che coi numeri...»

Ma era semplice, anche questa volta.

«Per lasciare sul conto della Cervicati una cifra, cinquecentottantamila lire, alla quale basta aggiungere un paio di zeri per fare cinquantotto milioni. Una volta appresa la notizia di quel bel pacchetto di milioni, il delegato ha agito in fretta e bene, prendendo tutti in contropiede e cautelandosi, in caso di contestazioni, con la storia dell'errore della banca. Ipotesi resa credibile dal secondo controllo sul saldo...»

Quindi anche lui sul momento era stato turlupinato, ragionò il Fastelli, fatto su insieme con la superiora, il bidello...

«Tutto regolare quindi?» chiese il dottore.

«Assolutamente», confermò il Sansicario.

Nient'altro che un movimento bancario.

«Quell'uomo aveva una delega, esercitava un diritto.»

Aveva ragione il direttore, ragionò il Fastelli. Non restava altro da fare: i complimenti.

«E bravo Ernesto!» mormorò.

«Come dice?» chiese il Sansicario.

«Niente...» divagò Aloisio Fastelli. «Dicevo così, tanto per dire.»

Era tutto, ormai.

Il direttore si alzò.

«Chissà come sarà a Cernusco Lombardone», disse poi chiudendo definitivamente la porta sul passato.

«Il nome è tutto un programma», osservò il dottore, alzandosi pure lui e avviandosi con il direttore, entrambi ubbidienti al richiamo dei rispettivi orari di apertura.

Andrea Vitali

ALMENO IL CAPPELLO

Ad accogliere i viaggiatori che d'estate sbarcano sul molo di Bellano dal traghetto *Savoia*, c'è solo la scalcagnata fanfara guidata dal maestro Vergottini, prima cornetta e direttore. Un organico di otto elementi che fa sfigurare l'intero paese, anche se nel gruppetto svetta il virtuoso del bombardino, Lindo Nasazzi, fresco vedovo alle prese con la giovane e robusta seconda moglie Noemi. Per dare alla città un Corpo Musicale degno di questo nome ci vuole un uomo di polso, che riesca a mettere d'accordo il podestà, il segretario comunale, il segretario della locale sezione del partito, il parroco e tutti i notabili della zona. Un insieme di imprevedibili circostanze può forse portare verso Bellano il ragionier Onorato Geminazzi, che vive sull'altra sponda del lago, a Menaggio, con la consorte Estenuata e la numerosa prole.

Dal catalogo
Garzanti

Andrea Vitali

LA MAMMA DEL SOLE

La motonave *Nibbio* sta effettuando il suo ultimo viaggio. A Bellano sbarca un'anziana donna: sta cercando il vecchio parroco, don Carlo Gheratti. Attraversa a fatica il paese arso dalla canicola estiva, prima di scomparire nel nulla. Quando arriva la notizia che manca una delle ospiti del Pio Ospizio San Generoso di Gravedona, sulle due rive del lago i carabinieri iniziano a indagare.
Un secondo enigma segna l'estate del 1933. Dietro pressante richiesta del Partito e della Prefettura, i carabinieri devono raccogliere informazioni su una «celebre» concittadina, Velia Berilli, madre di quattordici figli, tra legittimi e illegittimi. Perché mai Velia Berilli è diventata così importante? Due misteri, insomma, cui si aggiunge un altro problema: in caserma si è rotto il vetro del bagno, e aggiustarlo non sarà semplice...

Andrea Vitali

LA MODISTA

Nella notte hanno tentato un furto in comune, ma la guardia Firmato Bicicli non ha visto nulla. Invece, quando al gruppetto dei curiosi accorsi davanti al municipio s'avvicina Anna Montani, il maresciallo Accadi la vede, eccome: un vestito di cotonina leggera e lì sotto pienezze e avvallamenti da far venire l'acquolina in bocca. Da quel giorno Bicicli avrà un solo pensiero: acciuffare i ladri che l'hanno messo in ridicolo e che continuano a colpire indisturbati. Anche il maresciallo Accadi, da poco comandante della locale stazione dei carabinieri, da quel momento ha un'idea fissa. Ma intorno alla bella modista e al suo segreto ronzano altri mosconi: per primo Romeo Gargassa, che ha fatto i soldi con il mercato nero durante la guerra e ora continua i suoi loschi traffici; e anche il giovane Eugenio Pochezza, erede della benestante signora Eutrice nonché corrispondente locale della «Provincia».

Andrea Vitali

OLIVE COMPRESE

Quattro ragazzi di paese, una banda di «imbecilli», sta mettendo a soqquadro l'intera Bellano. Naturalmente finiscono subito nel mirino del maresciallo Ernesto Maccadò, che avverte le famiglie gettandole nel panico. A far da controcanto, la sorella di uno di loro: la piccola, pallida, tenera Filzina, segretaria perfetta che nel tempo libero si dedica alle opere di carità: ma anche lei, come altre eroine di Vitali, finirà per stupirci. Tutto intorno si muove come un coro l'intera cittadina: il prevosto e i carabinieri, il podestà e la sua stranita consorte, la filanda con i suoi dirigenti e gli operai. E la Luigina Piovati, meglio nota come l'Uselànda (ovvero l'ornitologa...); Eufrasia Sofistrà, in grado di leggere il destino suo e quello degli altri; e una vecchina svanita come una nuvoletta, che suona al pianoforte l'*Internazionale* mentre il Duce conquista il suo Impero africano...

Dal catalogo
Garzanti

Andrea Vitali

IL MECCANICO LANDRU

In un freddo pomeriggio d'inizio gennaio 1930, alla stazione di Bellano scendono sei uomini malvestiti e con la barba lunga. È la squadra di meccanici che dovrà montare i nuovi telai elettrici nel cotonificio: come spesso accade nei momenti di crisi economica, servono macchine moderne per produrre di più con meno operai. Ma non è questo l'unico turbamento che gli intrusi portano nella piccola e quieta cittadina. Perché si trovano subito al centro di una memorabile rissa, che turba il ballo organizzato per festeggiare le nozze del principe Umberto con Maria José. Nel gruppetto c'è un meccanico dall'aria fascinosa e dal nome bizzarro: Landru. Saranno in molti, e per diversi motivi, a sperare che il misterioso ospite possa aiutarli a realizzare i loro desideri.

Dal catalogo
Garzanti

Andrea Vitali

LA LEGGENDA DEL MORTO CONTENTO

È il 25 luglio 1843, una mattina d'estate
senza una nube e una luce che ammazza tutti i colori.
Due giovani in cerca d'avventura salpano su una
barchetta con tre vele latine. Dal molo di Bellano,
li segue lo sguardo preoccupato del sarto Lepido:
non è giornata, sta per alzarsi il vento.
L'imbarcazione è presto al largo,
in un attimo lo scafo si rovescia.
Un'imprudenza. Una disgrazia.
Ma la tragedia crea un problema. A riva viene
riportato il corpo dell'irrequieto Francesco, figlio
di Giangenesio Gorgia, ricco e potente mercante
del paese. Il disperso è Emilio Spanzen, figlio
di un ingegnere che sta progettando la ferrovia
che congiungerà Milano alla Valtellina.
Due famiglie importanti.
Bisogna a tutti i costi trovare un colpevole.

Finito di stampare nel mese di novembre 2011
presso il Nuovo Istituto Italiano d'Arti Grafiche Bergamo